SHANGHAI STORIES CULTURE MEDIA Co.,Ltd.

故事会

恐怖惊悚系列 HORROR SERIES

匈奴古堡

上海故事会文化传媒有限公司
上海文艺出版社

图书在版编目（CIP）数据

匈奴古堡 /《故事会》编辑部编. -- 上海：上海文艺出版社，2019

（故事会. 惊悚恐怖系列）

ISBN 978-7-5321-6400-4

Ⅰ. ①匈... Ⅱ. ①故... Ⅲ. ①故事-作品集-中国-当代 Ⅳ. ①I247.81

中国版本图书馆CIP数据核字(2017)第161883号

书　　名	匈奴古堡
主　　编	夏一鸣
副 主 编	吕　佳　朱　虹
责任编辑	曹晴雯
发稿编辑	吕　佳　朱　虹　姚自豪　丁娴瑶　陶云韫 王　琦　曹晴雯　赵媛佳　田　芳　严　俊
装帧设计	周　睿
封 面 画	苏　寒
责任督印	张　凯

出　　版	上海文艺出版社
出　　品	上海故事会文化传媒有限公司 （200020　上海市绍兴路74号　www.storychina.cn）
发　　行	上海文艺出版社发行中心（200020　上海市绍兴路50号）
印　　刷	上海万卷印刷股份有限公司
开　　本	787×1092　1/32　印张8
版　　次	2019年12月第1版　2019年12月第1次印刷
书　　号	ISBN 978-7-5321-6400-4/I·5118
定　　价	25.00元

版权所有·不准翻印

上海故事会文化传媒有限公司 出品（00670）

想看更多精彩故事？
扫码下载故事会App

上海故事会文化传媒有限公司所有图书可办理邮购，免收邮费(挂号除外)
汇款地址：上海市黄浦区绍兴路74号(200020)，　收款人：上海故事会文化传媒有限公司出版发行部
联系电话：021-64338113
如发现本书有质量问题，请与印刷厂质量科联系 T:021-56928178

编者的话

一、中华民族自古以来便有讲故事的传统。五千年的文明绵延不断,五千年的故事口耳相传,故事成为中华民族弥足珍贵的精神财富。

二、创刊于1963年的《故事会》杂志是一本以发表当代故事为主的通俗性文学读物。50多年来,这本杂志得风气之先,发表了一大批脍炙人口的优秀作品,许多作品一经发表便不胫而走、踏石留印,故而又有中国当代故事"简写本"之称。

三、50多年来,这本杂志眼睛向下、情趣向上,传达的是中华民族最核心、最基本的价值观。

四、为让读者在最短的时间内阅读最大面积的精品力作,《故事会》编辑部特组织出版《故事会·惊悚恐怖系列》丛书。

五、丛书分为如下八本故事集:《等待第十朵花开》《飞动的黑影》《公馆魅影》《恐怖的脚步声》《日本新娘》《神秘的维纳斯》《匈奴古堡》《夜半口哨声》。

六、古人云:登东山而小鲁,登泰山而小天下。对于喜欢故事的读者来说,本丛书的创意编辑将带来超凡脱俗的阅读体验。

《故事会》编辑部

目录
Contents

闪灵·诡事
奇特的衣服 ·················· 2
一起看电视 ·················· 8
匈奴古堡 ····················14
迟到的"救护队" ············21
一眼看穿你 ··················27
决战幽灵岛 ··················30
与狼周旋 ····················35
稻草人 ······················40
狠心的嫂子 ··················47

噩梦·异事
雨夜遇劫 ····················58
仿制品 ······················61
法庭判她无罪 ················64
危险的整容 ··················67
獾子洞决斗 ··················74
心窗 ························82
惊心动魄的搏斗 ··············86

目录
Contents

平原来了九只狼 …………… 90
诡变人生 ………………… 105

探秘·险事
深海较量 ………………… 129
蜂葬 …………………… 133
公平 …………………… 138
漂亮的一跃 ……………… 142
别叫我大姐 ……………… 145
寻访鬼镇 ………………… 149
江湖救急 ………………… 154
有些路不能走 …………… 174

夜谈·怪事
地狱之旅 ………………… 190
血染的梦幻 ……………… 194
预约死亡 ………………… 199
紫檀床 …………………… 203
杀狗 …………………… 209
出租车上有鬼 …………… 212
劫匪遭遇阿拉斯加 ………… 216
无来电显示号码 …………… 221
房东是个雕塑家 …………… 225
鬼市人头 ………………… 230

闪灵·诡事
shanling guishi

月黑风高夜,死神索命时。邀约已发,生命倒计。

奇特的衣服

怪 人

在伦敦郊区一条偏僻的小街上,有一家小裁缝店,老板叫康瑞。一年前,康瑞娶了一个名叫安娜的德国难民为妻。从这以后,康瑞有了发泄对象,每当遇到不痛快的事,他就狠狠地殴打安娜。痛苦的安娜非常怀念远在老家的表哥奥图,从小到大,表哥奥图一直是她的保护者,孤独的安娜把店里的木头模特幻想成表哥奥图,每当康瑞外出,安娜就对着这个木头模特自言自语,诉说着自己内心的痛苦。

这天,店里来了一个顾客,说:"我叫史密斯,打算定做一件衣服。"

康瑞说:"好的。我这里有很多衣料,你可以挑选。"

史密斯说:"不用,我自己带了衣料。"说着,他打开提包,拿出一块衣料来。

这是一块非常奇特的衣料，在昏黄的灯光下，它一会儿呈灰色，一会儿又好像是金色，再仔细看看，还有些绿色，摸上去非常滑溜。康瑞从来没有见过这种布料，就说："这么不一般的料子，做起来肯定会很费劲，但我一定能做好，请你脱掉外套，让我来量尺寸。"

史密斯摆摆戴着大钻戒的手，拿出一张图纸，说："尺寸有现成的，样式也画好了，你只需按这张图纸上的要求做就行了。"

接着，史密斯又说："钱不是问题，只要你寄账单来，我肯定按账单上的数目付给你。但是，我这张单子上标示的，你只能照着做，一点也不能修改，不要管它合不合身，更不要管它好不好看，明白吗？"

康瑞不停地点头，史密斯将图纸交给康瑞，确保他全部明白之后，又叮嘱了一番才走。

接下来，康瑞开始小心地剪裁那块衣料，一心一意地按图纸要求操作，一直忙活了十来天，终于将衣服做好了，挂到衣架上一看，这衣服的外形非常奇怪，领子特别高，上衣没有口袋，袖子非常长，裤脚又肥又大。

安娜说："这衣服看起来好怪！"

康瑞不耐烦地喝斥道："你管它怪不怪，去拿熨斗熨一熨！"

安娜烧热了熨斗，却怎么也熨不好这套衣服，康瑞气得打了安娜一巴掌，亲自动手，仍然熨不好。他急等着用钱，就直接把衣服装进盒子，给史密斯送过去。

奇　事

按照史密斯给的地址，康瑞来到一座破旧的公寓前，按了四楼左边的门铃，好一会儿也没见动静，就径直走上四楼，轻轻敲了敲门，里面马上有人回应，说："进来！"

推门进去，康瑞看到房间里陈设简陋，屋角有一只老式皮箱，房子中间挂着一幅破旧的门帘，心里不禁有些失望：看来史密斯并没有他想像的那么有钱。这时，史密斯从里间走了出来，说："你是送衣服来的？太好了。这衣服做起来很不容易吧？"

康瑞说："的确很不容易，那料子非常奇怪，而且——"

史密斯不耐烦地挥挥手，说："好了，你不要再说了，我知道你做得很辛苦。"

康瑞迟疑了一下，说："那么，现在请试试衣服吧，要是不合身，马上就可以改。"

史密斯更加不耐烦了，说："衣服是为我儿子做的，只要你按我的要求去做，绝对会合身，你快点把衣服给我。"

康瑞有点急了，说："先生，你应该付给我工钱。"

史密斯像是才明白过来，问道："我该给你多少钱？"

康瑞一狠心，大声说："五百镑。"

史密斯满不在乎地说："没问题，你回去把账单开过来，我会付给你的。"

康瑞早已准备好了账单，一听这话马上就拿出来，在上面填了数字，交给史密斯。

史密斯立刻摇摇头，说："这样不好办，你得按规矩来。我家里不可能放这么多现金的，你还是回去把账单寄给我，我收到后马上付给你，绝对不会少你的钱。"说完，他又伸手过来拿衣服。

康瑞急忙往后退，边退边说："我一定要先拿到钱。为了这套衣服，我把别的活儿都推了,你要是现在不把钱给我,我连吃饭的钱都没有了。"

史密斯非常着急,说:"现在我也身无分文,但过几天我就有钱了,因为那时我的儿子回来了,请你等两天,我保证给你钱。"

康瑞说:"你真会开玩笑,戴着这么大的钻戒还说没钱……"

史密斯连忙将手上的钻戒摘下,晃了晃,苦笑道:"这是假货,值不了几个钱。你快点把衣服给我吧!"说着,他又来拿衣服。

康瑞又往后退,却被身后一道布门帘挡住了,他拉开布门帘,看到里面有一台巨大的电冰箱,正在"呜呜"作响,顿时气得骂了起来:"你连这么大的冰箱都用得起,还说没钱?"

史密斯连忙跟过来,解释说道:"这冰箱是为我儿子买的,那套衣服也是为他定做的,没法子,我必须这样做。现在,请你快点把衣服给我吧!"

康瑞推开史密斯的手,一把拉开冰箱,说:"我到现在连早饭都没吃,让我看看你冰箱里有什么好吃的。"这一拉冰箱不要紧,康瑞一下子惊呆了:这个冰箱没有隔层,里面是个完整的大柜子,一个年轻人的尸体占满了整个冰箱。

康瑞连忙关上冰箱,指着史密斯大叫:"你、你杀人了!"

史密斯一把卡住康瑞的脖子,叫道:"那是我的儿子,他是病死的,你快把衣服给我!"

康瑞不仅没要到钱,还遇上个杀人犯,这些天的辛苦白搭了。他气得一把扯开史密斯的手,抓起身旁的一把椅子,猛地向史密斯砸去。这一下正好砸在史密斯的头上。史密斯晃了晃身子,康瑞接着又砸了一下,把史密斯砸倒在地。他看着史密斯在地上挣扎了一会儿,就一动也不动了。

授魂锦衣

康瑞上前探了探鼻息,发现史密斯已经停止了呼吸,他先是很紧张,但很快就镇定下来,抬头看到屋角的那只皮箱,就想,我这些天不能白干,也许箱里有钱,或者贵重的东西,于是上前把箱子打开,发现里面装的全是一本本很旧的书,他拿了面上的几本,然后拿起那个装着衣服的盒子,一口气跑回自己的店里。

康瑞回到家就翻阅这几本破旧的古书,其中有一本是用德语写的,他勉强能看得懂,原来这是一本传授邪术的秘本。正要继续往下看时,安娜走了进来,轻声说:"这本书我小时候看过,内容非常离奇,你在哪儿找到的?"

康瑞被吓了一跳,张嘴便骂:"你这么鬼头鬼脑地进来干什么?赶快给我出去,把盒子里的那套衣服烧掉!"

说完,康瑞把安娜推了出去,关上房门继续看那本奇书,那上面写着召唤术、驻颜术、隐身术、行尸术、锦衣授魂术……尤其是最后一章,上面写着怎样织造授魂锦衣,让没有生命的人获得生命。

康瑞这才明白史密斯的用心,原来史密斯定做的那套衣服,就是书上说的授魂锦衣,史密斯想用这套衣服让死去的儿子还魂,真是个疯子。他气得一把将这本书扔进了火炉。

接着,他走下楼,看见那套史密斯定做的授魂锦衣正套在木头模特身上,安娜站在那个木头模特跟前,正和木头模特喃喃细语:"……奥图!你是我……真愿……能说话……他又打我,说不定……我会死的。"

康瑞气得大吼:"你赶快把模特身上的衣服脱下来,烧掉!刚才我送衣服时和史密斯发生了争吵,我把他打死了。"

安娜吓坏了,说:"天哪,你竟然杀了人!快向警方自首吧,我会作证,让他们相信你是自卫。"

康瑞气急败坏地说:"自首?你想要我去上绞架?"他目露凶光,"啪"地一声关掉灯,突然伸出双手,死死卡住安娜的脖子,用力掐了下去。

安娜拼命挣扎,朝木头模特高喊:"奥图……救我……"

康瑞更加用力地掐安娜,安娜的身体一点点瘫软下去,突然,木头模特身上的衣服发出一阵强光,它举起双臂,双脚开始向前移动,康瑞吓得大叫一声,放下安娜转身就跑,哪里还来得及?刹那间,木头模特坚硬的臂膀勾住了康瑞的喉咙,让他发不出任何声音……

警察在第二天闻讯赶来,发现康瑞已窒息而亡。

(改编:谷永庆)

(题图:佐 夫)

一起看电视

夜半时候的幻觉

有个高高大大的中年汉子,名字叫张强,原来在一家国有企业当司机,下岗后经人介绍,到邻近小城一家贸易公司去开货车。

刚到小城,张强没有什么朋友,老婆孩子又不在身边,所以每天下班回到租住的小屋,吃过晚饭后就觉得很无聊,想来想去,他决定去买个便宜一点的二手电视机来解解闷。

说来也巧,附近有个汽车站要翻修,正在拍卖原来摆在候车室里给乘客看的电视机，成色还算新，开价也合理，张强乐滋滋地挑了一台，雇了辆小三轮拉回住处。从此，他下班后就有了消遣，感觉日子过得真快乐。

这天，公司有个老客户来谈生意，领导晚上招待他们，张强常给这家客户送货，关系处得非常好，所以也被拉去作陪。宴罢回到小屋，已经是半夜时分，张强洗了个澡，上床前顺手拧开了电视机。电影频道正在放一个著名笑星主演的片子，张强平时最喜欢看了，可或许是太累了，又喝了不少酒，张强只觉得头有点晕晕乎乎，没一会儿就迷迷糊糊地睡着了。

恍惚间，张强好像回到了乡下老家，和邻居们围在一块儿看电视，看的就是这个偶像笑星演的这部片子，大家有说有笑，热闹极了。可是，没一会儿，张强突然发现不对了，怎么周围的人一个个都变成了陌生面孔，全都不认识了。他惊慌地问："你们都是谁啊？"话一出口，这些人突然"呼啦"一下全不见了，张强猛地惊醒过来，揉揉眼睛，只见屋子里空荡荡的，除了自己，什么人都没有，只有电视机还开着。这是怎么回事？是自己太累产生的幻觉？张强也顾不得多想什么了，把电视机一关，迷迷糊糊中头一歪，就又睡了过去。

这一觉一直睡到第二天傍晚才醒过来，张强懒洋洋地起了床，刷牙洗脸，然后就打算上街上去随便对付一顿。走到楼道口，他碰到隔壁邻居老李，刚从外面回来。老李一看到张强，就跷起大拇指夸他："张师傅，你真是个文明人哪！"

张强挺纳闷："怎么回事？"

老李感慨地说："昨晚你屋里很多人在看电视吧？声音还这么轻！你不知道，以前住你屋那家伙，天天看电视看到深更半夜，还老喜欢大喊大叫,吵得大家都睡不好!"

张强一听更纳闷了:"我没带朋友回家呀,你弄错了吧?"

老李摆摆手:"这你还有什么不承认的,大家都说你好嘛!"

张强看老李说话的样子挺认真的,就越发糊涂了,想来想去,就想到自己昨夜是有过一阵幻觉的,好像和好多人在一起看电视。可那毕竟是幻觉呀,怎么说也跟这八竿子沾不到边哪!他猜不透这到底是怎么回事,心里不禁有点惶恐起来。

张强惊魂未定地在街上打发完自己的肚子,就赶紧回了屋。他脑子里一直转着老李说的话,顺手又打开了电视机。正好电视里在播放一部警匪片,警察飞车追捕亡命之徒,追着追着,车子在飞越铁索桥的时候,突然翻下了万丈悬崖。"啊!"屋子里顿时响起一片惊叫声,张强吓出一身冷汗:这声音是从哪里来的?怎么会有这么多人?莫非这屋子会闹鬼?

张强越想越害怕,瞧瞧窗外,天已经黑了。出门他不敢,打电话又不知道打给谁好,想来想去,还是喝酒吧,喝酒可以壮胆啊,反正明天不上班,喝醉了就什么都不知道了。熬过这一夜,赶明儿一定换房去。

嗨,也该是有事!张强给自己倒了满满一杯酒,刚喝了一小口,突然就觉得有点内急,大概是吓怕了,他把酒杯往桌上一放,就起身去上卫生间。可是刚解完手,只听外面"砰砰"两声响,赶紧奔出来一看,只见酒杯和酒瓶子都已经被摔到地上,成了碎片,屋子里弥漫着一股浓郁的酒香。张强吓得脸都白了:酒杯和酒瓶子刚才还放得好好的,没人碰,怎么会莫名其妙摔到地上呢?难道这屋子里还有第二个人?

就在这时候,他的手机响了,一听,是公司值班的同事打来的,说公司临时接到任务,要给邻市某医院送一批急救药品,驾驶员全部出动,让张强马上过去。事关重大,张强也顾不上害怕了,拿上外套就赶紧出了门，一面跑还一面庆幸：幸亏酒瓶子打碎了，真要将这瓶酒喝了的话，今晚岂不误事？

第二天，张强执行完任务，回到小屋已经是后半夜了，跟他一起来的，还有他的那帮司机朋友，他们听说张强屋里的奇怪事，都来给他壮胆，顺便也想来看个究竟。他们跟着张强轻手轻脚地上楼，走到门口贴耳一听，里面果真有电视开着的声音！

这拨人到底是谁？他们为什么非要一起到张强屋里来看电视？一个司机朋友好奇地弯下身子，悄悄从门缝往屋里看，天哪，一屋子的人，老老少少男男女女都有。司机朋友让张强赶紧掏钥匙开门，可是奇怪了，推门进去一看，屋子里却空空的，一个人也没有。张强和司机朋友们惊得目瞪口呆：这么多人，怎么说没就没了？

许久，一个司机朋友回过神来，四下里一瞧，心里"咯噔"一下，问张强："你这电视机是从哪儿买的？"

张强指指窗外，说："就在前面那个汽车站啊！那天我散步正好走过那里，看到车站要翻修，在拍卖这玩意儿，就买回来了。怎么，这也有讲究？"

司机朋友沉思着，自言自语地说："难道真……真会有这种事？"

"你说什么？"张强追着他问。

司机朋友拍拍张强的肩，语气显得十分沉重，说："我以前有个朋友，就在这个汽车站里开大巴，那天他开车去省城，正逢暴雨天，大巴经过市郊天马大桥的时候，竟一头栽进江里，车上三十六个乘客，加上他一个，无一人生还！我在想，肯定是这些人上车前在候车室里看过电视，而这台电视机现在正好被你买了来……"

张强听得浑身发抖："那我该怎么办？要不，我把电视机扔了？"旁边几个司机朋友听了也吓得直吐舌头:"扔,还是赶快扔了的好!"

先前说话的那个司机朋友若有所思,沉吟着对张强说:"为什么非要把好好的电视机扔了呢?这些人原本可都是一条条生命啊!我相信他们绝对没有恶意,你就让他们来看嘛!"

张强愣愣地听着,脑海里忽然闪过昨天夜里酒瓶子被莫名其妙摔破的事,心头一震,忙问:"事故原因后来查出来了吗?"

那个司机朋友点点头:"查了,是司机酒后驾车。"

张强的眼睛顿时就湿了:这些遇了难的乘客啊,他们简直是自己的保护神啊!看来昨晚的酒瓶子一定是他们故意摔破的。要不是他们这样做,自己紧接着就去执行任务,说不定就落了个和遇难司机一样的下场。

从此,张强每天下班回到小屋,就早早把电视机开了,有时回来晚了,还特地放轻脚步,想尽量不要惊着这些曾经遇了难的好心的乘客,可是他们却从此再没出现过。

年终因为安全行车,张强拿到一笔奖金,他向单位请了三天假,特地去买了十瓶好酒回来。他在桌上摆开三十七只酒杯,挨个给杯子里斟酒,斟一杯酒,流一串泪。末了,他给自己也满满斟了一杯,随后举起酒杯,含着眼泪,恭恭敬敬地说:"各位朋友,我一直想好好地谢谢你们,现在就让这杯酒代表我的心意吧!"

他又对着中间一杯酒说:"这位司机大哥,咱们是同行,你到那边若是还干这营生的话,以后就千万别再喝酒了,今天咱们喝的是最后一杯。"

张强说到这里,声音越发哽咽:"朋友们,你们别为我担心,我请了三天假,留了足够醒酒的时间,就想趁这个机会,和大家聚一聚。还有,我向你们保证,这也是我最后一次喝酒,我一定信守诺言。如果你们领情，咱们就一起干了这一杯吧！"说完，他一仰脖，把杯中的酒倒进了肚里……

　　一觉醒来，天已大亮，张强抬头一看，桌上的三十七只酒杯，只只滴酒不剩！

(谭金金)

(题图：黄全昌)

匈奴古堡

在长城古北口东北三十华里处,有一座用石头堆砌的古城堡,据说它是匈奴人留下的,所以人们都叫它匈奴古堡。它沿着险峻的峭壁而建,经过漫长岁月的侵蚀,只有那残墙断壁、巨石方砖还依稀可见昔日的繁荣。

改革开放后,这里经过修复成了当地有名的旅游区,但古堡大殿依然无人敢问津。听老人们说,这大殿曾是匈奴王爷府院的一部分,底下有一个地狱,王爷请工匠在那里设了很多机关,把一些犯了罪或王爷不喜欢的人,关在那里,直至折磨而死,民国时有三个胆大的南方人来到这里寻宝,不听当地人的劝阻进入大殿,可从此三人杳无踪迹……

这天来了一队中学生,来此过夏令营。在"瀑布村"的一家旅社住下,这旅社距离匈奴古堡一里之远,老板姓朱。朱老板很有眼光,为了吸引更多的旅客,他在院子里养了许多小白兔,这些家兔每天在院子里与旅客嬉戏,很讨人们的喜爱。晚上,它们就回到屋后土坎下的洞穴里。果然,小游客们一住进旅社,就对满院的小白兔爱不释手。

游玩古堡的前夜,带队的王老师为防止意外,特意让班长唐涛召集大家开了个临时班会。第二天,王老师带着学生们来到古堡,出于安全考虑,她还请了一个当地人当导游。导游介绍说,这古堡虽然是后来修复的,但都是依照原样不加改动,古堡的房屋是按八卦阵和万花阵的阵图设计的,所以人们进到古堡里,没有导游的指引,就会迷路或走进死胡同里。小游客们听了,啧啧称奇。

快吃午饭时,王老师让班长唐涛点一下人数,这一点不当紧,少了三个同学!这下子把王老师吓坏了。唐涛安慰老师道:"王老师,您别着急,刚才我还和他们说话呢,可能是落队了,我到后面去接接他们。"

唐涛口里说着话,人已经跑开了。走了一段路,没有发现失踪的三个同学。唐涛心里着急起来,再走下去,还是没找着人。他感到再往前走,自己也不认识路了,于是决定原路返回。可他觉得眼前的建筑,不像刚才来过的那样:刚才的房屋虽然也是用石头砌成的,但总能见到一些新修补的痕迹,可眼前的建筑全是一色的古石块、古砖瓦,上面似乎盖了一层灰暗的涂料。他迟疑地转身往回走,可他发现面前还是和刚走过去的一样,他似乎是绕着一个建筑物转圈。再往前走一会儿,他发现了一个石门,唐涛迟迟疑疑地推开石门。猛地从门后闪出一个人来,"哗啦"一声把手中的铁链挂在唐涛的脖子上,吓得唐涛一屁股跌坐在地,眼前一片眩晕。他揩揩眼,发现刚才吓唬自己的居然是个木偶。虽然这个木偶把铁链挂在自己的脖子上再没有动作,但这已经把自己吓得半死了。过了很长一段时间,唐涛确定木偶真的不会再动了,便轻轻地把铁链放在一边,眼睛盯着木偶,一点一点地起身站起来,他突然转身想逃出去,可是门不知何时已经紧紧地关上了,任他使出吃奶的力气,就是推不开。

看来从原门出去是不可能了。他发现对面还有个门,似乎是开着的,就悄悄地走过去,他害怕门后再出来一个像刚才那样的木偶,就多了个心眼,先是从旁边拾起一块石头,向那门里抛过去。石头咣啷啷地响了一阵,就再也没有声音了。这时他试探着先迈进一只脚,然后又迈进另一只脚,当他进到石门里,才发现这里很安静,没有什么拿铁链的木偶。然而,他迈进这里的同时,石门又关上了。

这里似乎是一个石窟建筑,墙壁上画着一些稀奇古怪的壁画,唐涛觉得有些眼熟,似乎和历史书中敦煌莫高窟的画儿差不多。其中有一幅画,是一个张着大嘴的怪兽将一个人整个叼在嘴里,那人面部痛苦地扭曲着。他看着这幅画,心里一阵恐惧,他似乎看出这个怪兽的眼睛在瞅他,在转动,狰狞着就要扑过来。唐涛不自觉地向后退着,突然,脚下好像被什么东西绊了一下,倒在地上。与此同时,他听到了震耳的轰鸣声,他感到整个身子都在坠落,很长时间,终于到底了,眼前一片漆黑……

好一会儿,唐涛终于适应了这里的黑暗,他已经看清周围的情况了,他显然是掉到一个地道里,不过这地道很长,不知通向何方。他试着捏捏胳膊,伸伸腿,感到很奇怪,自己是从很高的地方掉下来的,怎么现在一点也没有摔伤呢?

唐涛慢慢地向前走着,他坚信走到地道的尽头,一定能找到一个出口,离开这个鬼地方。走着走着,他的脚突然踢着了一个白色的圆东西,拾起来一看，吓得他"啊"地一声松了手，原来他拾起来的是一个人的头骨，这时，他才发现自己的脚底下全是一些白骨，还夹杂着一些生锈的铁链、废烂的绳索。他再往前走，里面突然开阔起来，横七竖八的都是些骨头。老百姓口中关于地下监狱的传说，竟然是真的！

在这个监狱的另一头，似乎有个人靠墙而立，那个人看来不是骷髅，因为他穿着衣服。"这里还有活着的人？"唐涛兴奋地走过去壮着胆儿拉了一下他的衣服，这时，那衣服就像碎纸片一样，纷纷落到地上，露出了一具靠墙立着的骷髅。唐涛吃了一惊，到这时才看明白，那骷髅双手拉在一处铁栏杆上，似乎是要把那铁栏杆推倒，那绝望的神态，虽然已化作白骨，却依然那么清晰。在这个骷髅脚下还躺着两具覆有衣物的骷髅，那三个南方客故事，居然也不假。

唐涛看着眼前的情景，恐惧感渐渐地消失了，他已经慢慢地适应了这里的环境。唯一的事就是想办法出去，不然的话，他的命运就和那三个南方人一样了。此时，他想到了王老师和同学们，他们一定正在找他呢！他们也一定急坏了，怎么跟他们联系呢？

他已经感到肚子饿了，口也渴得厉害，转了几圈，发现这里的石壁水浸浸的，侧耳细听，似乎能听到流水声，再仔细听听，他相信这绝不是自己的幻觉，那水声很真切，很熟悉。他突然想起来了，这是不是古堡旅社旁的瀑布声呢？不过这种念头一闪即逝，这怎么可能呢？旅社离这儿很远呢。

不过他很兴奋，他相信这石壁上一定能弄出些水来，于是，他用双手把石壁上的小石块抠下来，一点一点地，不知过了多长时间，一块大的石块终于给他抠了下来，露出里面的泥土，土里水分含量很高，他把自己的上衣脱下来，团成一团塞在这个泥坑里。

突然唐涛听到一阵窸窸窣窣声,回头一看,有一群老鼠在骷髅里钻来钻去,他悄悄地拾起一块大石块,猛地向老鼠砸去,这一下,砸死了两只老鼠。

唐涛走过去,拾起两只老鼠,也顾不得什么,把皮扯下去,闭住眼睛把老鼠生吃了。虽然很难吃,但他知道,吃了它就可以保持自己的体力,坚持到王老师和同学们来救自己。吃完老鼠,他把衣服从泥坑里拿出来,衣服已经沉甸甸的,一拧就拧出来了泥水,他也顾不得干不干净,贪婪地吮吸着一滴滴泥水。

吃饱喝足,他默默思考起来。这里唯一可以与外界相通的就是那骷髅守着的石门,看来那个南方人和自己的判断一样,这地方十有八九是在瀑布附近,但石门是露在外面还是埋在土里呢?

又是很长时间过去了。地下监狱的老鼠毕竟有限,而且很不容易抓到,他又饿得发慌了。这天,他低着头找老鼠洞,忽闻一阵响动,侧耳一听,这声音是从石门那边传过来的。他紧盯着石门,突然看见石门下面的土有些松动。一会儿,一个动物的头探了出来,刚露一下又缩了回去。他一下就看清了这是一只兔子。又过了一会儿,那个小兔头又探了出来,左右张望了两下,跳了出来。唐涛早已做好了准备,当小兔穿过铁栏杆,他一下扑了过去,几乎是用整个身子把小兔扑住。唐涛翻身抓住小白兔,看了看,真是一只很可爱的小白兔哇!不过,唐涛没心情和它玩耍了,他只能把它当作美餐!

突然,唐涛心中闪过一个念头,这不是古堡旅社朱老板养的小白兔吗?他仔细端详了一遍小白兔,这只小白兔的尾巴上还系着根漂亮的彩色皮筋呢,而这正是唐涛女同学们的杰作!

唐涛的眼前出现了生存的希望。他兴奋地解下自己的红领巾,用钢笔在上面画上自己所在的位置，他弄不清楚自己到底身在何处，但他知道自己是在瀑布旁。他用地理课上学的简单知识标出水、大地，说明自己在瀑布旁地下的一间屋子里，画完之后，他又想了想，把自己从哪里走失，从哪里掉到地下室等情况都注上，然后又写上自己的名字，用红领巾缚在小白兔的脖子上，为了防止小白兔把红领巾弄丢，他把它系了个死扣⋯⋯

却说王老师这边，唐涛走后五分钟，那三个学生突然赶了上来。王老师问他们是否见着了唐涛，他们都摇摇头，说不知道唐涛在找他们。

这下王老师急了，大家跟着导游一起找人，可一小时过去了，没找到人；一天过去了，人也没找到；一连六七天，大家渐渐有些失望了。夏令营的队伍，返回到古堡旅社，作最后撤退的打算。

唐涛失踪已经有八天了。这天，夏令营队伍收拾停当准备开拔，朱老板心情沉重地与他们话别。这时，他的五岁儿子阿宝也从家里跑出来，朱老板看到他的脖子上系着红领巾，以为他拿了同学的，就令他解下来。可阿宝哭着不肯，说是自己从兔子身上弄来的。朱老板不信，就问同学，同学们都摇头否认；王老师觉得有些蹊跷，就拿过红领巾看了一眼，只见上面画有多种符号，令她惊讶的是红领巾上还有唐涛的名字！

王老师是教地理的，虽然红领巾上古堡的位置画得不对，甚至相反，但她还是知道，唐涛就在附近的地下！她明白北方人喜欢土洞养兔，而兔子又喜欢打洞，兔子肯定无意之中闯进了传说中的"地狱"了。可关键是哪个洞穴与唐涛所在的位置相连呢？朱老板养了很多小白兔，不同的小白兔分别饲养在不同的洞穴里。

阿宝很聪明，在几十个小白兔里，一眼就认出了尾巴系着彩色皮筋的兔子。王老师立即和当地政府取得了联系，在居民们的帮助下，挥锹的挥锹,捏镐的捏镐,一起沿着小白兔的洞穴向土坎深处挖掘。

在地下监狱已经迷迷糊糊的唐涛,突然听到了挖掘声,他兴奋地大声呼叫着。对面的挖掘声越来越近,对方也听到了他的喊声。唐涛终于得救了。

唐涛在匈奴古堡的地下监狱里呆了八天零一夜的故事迅速在当地传开了,当地政府对地下监狱路线重新进行了修补,又开辟了一个新的旅游冒险项目,据说对青年人特别有吸引力。

(侯树河)
(题图:张思卫)

迟到的"救护队"

故事发生在第二次世界大战期间的英德交战中，地点大西洋英吉利海峡东岸一侧。

这天海滩上响起了激烈枪声，前面一男一女在奔跑后，面一群德军士兵在追赶。男的是英军谍报员约翰中尉，女的是他刚结识不久的女友安娜小姐。约翰在半年前打入德统帅部后，窃得了德军密谋刺杀英国首相丘吉尔的绝密情报，在潜逃中，救出了被德军俘虏的英军报务员安娜，两人结伴同行返回英国，不料遭到了德军的追击。

这时，一艘英军快艇潜伏在礁石边，奉伦敦海军总部命令接应约翰。阵阵枪声中，约翰和安娜跳上了快艇……

突然，天边传来"隆隆"的飞机声，那是德军统帅部派出的专门拦截约翰的轰炸机。危急之中,艇长突然摘下耳机,向约翰和安娜命令:"你们两个准备离艇!"

"就这样向水中跳?"约翰正在纳闷,瞬息之间,只见快艇左侧白浪翻卷,冒出一条鲸鱼般的黑脊。原来这是一艘英国海军的著名潜艇——"功勋号",此艇曾经击沉德军五十多艘舰船,得到了丘吉尔的嘉奖和命名,现在它奉海军总部命令前来接应约翰,刚才快艇艇长通过无线电联络,将这艘潜艇召唤而来。

"功勋号"潜艇一出水,就用高射机枪进行防空射击、德军飞机没想到"半道杀出个程咬金",连忙直升爬高,约翰和安娜乘机逃离快艇,上了潜艇的舰桥,"功勋号"潜艇便紧急下潜……

约翰透过潜望镜,看到德军的十多架后援飞机已经赶到这片海域,刚才那艘快艇顷刻间被炸得粉碎,人员无一生还。

直到这时,约翰才明白:刚才这场恶战。哪里只是几架飞机和舰艇的较量,其实是两军大本营的直接厮杀……

约翰的猜测没有错,德军统帅部发现情报被窃走后,不仅调动了大批飞机进行拦截轰炸,而且还命令在附近海域执行任务另外的八十余艘潜艇火速赶到这一战区,执行围歼英军潜艇的任务。那时,德国海军的潜艇是最先进的,无奈之下,英国海军总部硬着头皮派出了五十多艘潜艇护卫"功勋号"撤离,丘吉尔特别命令:即使全部潜艇拼个鱼死网破,也要把来之不易的情报送回伦敦。

"功勋号"潜艇艇长亨利是个机智、勇敢的海军中尉,他接到总部的命令后,便向在一起亲昵的约翰和安娜顽皮地笑了笑,说道:"请放心,我不但能把你们安全送上岸,还会把你们送入洞房的。"

这当口,双方的潜艇互相发射鱼雷,平静的大西洋海面上水柱冲天。

一个多小时后，德军有六十多艘潜艇葬身大海，英军的五十多艘潜艇到这时仅剩下"功勋号"了。

在刚才的海战中，由于有其他潜艇的保护，"功勋号"没有任何损伤，因此要比经过海战的敌艇跑得快多了。"功勋号"关掉了无线电通讯，慌不择路地向深海逃去。德军潜艇放了几颗鱼雷虚张声势，德军飞行员投放了十多枚深水炸弹，都不见动静，最后确定：唯一的漏网之"鱼"已经葬身海底，于是他们就兴高采烈地返航，向希特勒邀功去了。

再说那艘"功勋号"潜艇沉到海底后，开始还听到头顶上有深水炸弹的爆炸声，过了一会后，就再也听不到可怕的爆炸声了。然而就在这时，一个意外的情况使大家惊呆了："功勋号"现在是在海底一个巨大的岩石洞中，此刻这石洞内，除了潜艇头部射出的暗淡灯光外，四周一片漆黑，到处是岩石；更使他们胆颤心惊的是：接连转了几圈，怎么也找不到石洞的出口了！

亨利着急了，连忙作出决定："按原路返回！"

潜艇原地打了一个转，开始回驶。海底的水流很急，潜艇左突右拐，驶了大约十分钟，亨利脸色紧张地大叫停车，他仅凭感觉就知道方向不对，命令道："开通无线电通讯，向基地联络，请求指示返航路线。"

但是，由于是在深海中，特别是在岩洞里，无线电波无法传到海面上。艇员们用各种方法来确定潜艇所在的位置，但他们好像进入了魔场，一切仪器都失去了原来的灵敏度。昏暗的灯光下，亨利的额头上已经渗出了汗水："氧气和食品还有多少？"

角落里有人回答："艇上编制三十人，加上两位客人，现在共有三十二人。氧气、淡水和食品还可供应六天左右，但是蓄电池的电量是很有限的。"

亨利当即命令:"从现在起,关闭前后舱的所有电灯。节省电力,尽快驶达海面。"

一连几天过去了,亨利和艇员们使出了浑身解数,"功勋号"仍然没有找到出口,这真像严冬掉进了冰窟窿的落水者,万一偏离了掉下去的洞口,头顶厚冰,只能是死路一条。"功勋号"面临的困境正是如此,如果还是找不着出口,"功勋号"将会变成一口钢铁棺材!

这时,亨利用沙哑的声音发出了命令:"现在,我们的电力即使在不行驶的情况下,大概也只能工作一天左右的时间,我们头顶上的这盏灯说灭就会灭。为了争取时间,我们只有冒险,利用现有的一点电力,把十二枚鱼雷全部打出去,向着同一个点打!如果我们的运气好,选择的岩石打击点正好很薄,潜艇就可从那里钻出去,否则……"

亨利的后半截话虽然没有说,但大家心中都非常明白,另一种可能就是:鱼雷一响,在鱼雷的轰击下,岩洞突然坍塌,落下的碎石埋葬了潜艇,那可真是自掘坟墓了!况且,这些鱼雷是否能打通道路,更是一个未知数……

为了首先保证潜艇不被"埋葬",亨利把潜艇调整到一个较佳的位置,发出了"放鱼雷"的口令。

在这么近的距离内,十二响巨大的爆炸声,像惊雷一般在耳边炸响,艇上半数人的耳膜出血,顿时变成了聋子,这其中也包括约翰和安娜,但他们来不及为耳朵失聪而顾虑什么,此刻他们最担心的是生命安全——潜艇是否被"埋葬"了?

眼下值得庆幸的是,潜艇狂风暴雨般地震动了几下后,没有被落下的岩石掩埋,仍在缓缓向前游动,大家的脸上露出了喜色。

"功勋号"一米一米地向着鱼雷轰击的地方驶去,舱内静悄悄的,三十二个人的急促呼吸声彼此都能听得见……

突然,"哐当"一声,潜艇外体明显撞到了岩石上,大家最不愿看到的情况出现了:观察证实,鱼雷的连续轰击虽然炸塌了半边山一样的岩石,但这堵不知有多厚的岩石,仍然挡在"功勋号"面前,此路不通!

安娜扑在约翰的怀里放声大哭,随即艇内所有人都泣不成声。舱顶上的灯光越来越暗,电力马上就要用光,氧气、食物、燃料等只够三天之用了。

舱内渐渐安静下来,最后,亨利见实在没有别的逃生希望,便决定投放漂流桶,但愿漂流桶能很快漂出岩石洞,浮出海面,被人们发现。这种原始的办法成功率几乎等于零,但却是他们唯一的希望了,于是,大家各自怀着沉重的心情开始写遗书……

艇上的全体人员目送着密封好的漂流桶投出艇外,大家盼望着它能早日被阳光下的人们打捞到,就这样,他们在这不见天日的海底石洞中度过了一天又一天……

"功勋号"潜艇就这样莫名其妙地从英国海军编制中消失了。这场战斗,虽然英德双方损失都很大,但由于牵涉到各自的核心机密,所以都秘而不宣。德军因为不能证实英国谍报员是死是活,所以刺杀丘吉尔的计划也就流产了……

事有凑巧,就在"功勋号"潜艇失踪半个多世纪之后,1998年2月,一个渔民捕捞船队正在大西洋海面上作业,突然,人们发现鱼网中除了活蹦乱跳的鱼虾外,还有一个锈迹斑斑的大铁桶,桶面上画着一面英国海军军旗,并有"1942年"的字样,这立刻引起了人们的兴趣,准备打开看看。正在这时,一艘刚从海湾撤兵回国的英国军舰驶过附近海面,渔民们误以为这个铁桶是这艘军舰丢失的,连忙发出信号,示意"失物招领"……

经过一番周折,这个大铁桶最后到了英国海军总部。铁桶被打开了,里面有航海日志、遗书等。英国军事历史学家经过再三分析,认定这就是当年"功勋号"潜艇的遗物。但令英国人感到十分惊讶的是,从安娜留下的遗书中发现,这个女人原来是一个用了"苦肉汁"骗取约翰信任的德军高级间谍。她在遗书中隐晦地向德军谍报机关汇报了自己的工作成绩,并表白了她誓死效忠希特勒的决心,看来她当时是希望漂流桶能被德国人发现。原来德军统帅部在得知绝密情报被约翰窃走后,便启用了这个"王牌间谍",果然骗得了约翰的信任。由此可见,即使"功勋号"潜艇不在深海中误入岩洞,约翰也随时都有被安娜置于死地的可能。

为了便于研究,英国海军迅速组织了一个打捞队,在侦察卫星、红外线探测仪等高新设备的配合下,打捞队很快找到了已被海水腐蚀得千疮百孔的"功勋号",这艘潜艇在海底沉默了半个多世纪后,终于迎来了它的"救护队"……

(于　东)

(题图:箭　中)

一眼看穿你

周末,赵之去乡下河边钓鱼,突然乌云翻滚,电闪雷鸣。他抓起鱼竿拼命往回跑,一声惊雷,将他击倒在地。他的衣服被烧烂,连头发都烧焦了。附近的农民以为他死了,后来发现他竟然还有呼吸,好心人便把他送进了医院。

赵之昏迷了三天三夜,第四天一早竟奇迹般地醒了过来。医生怀疑他会有后遗症,但什么仪器都检查过了,啥毛病也没有。从雷公老爷手下捡回一条命,他乐滋滋地回到了家。

第二天,赵之乘公交车上班时,突然万般惊愕地发现,他的眼睛像X光一样,有透视功能,能看清人脑的构造。这还不算,更神奇的是,能看穿人的思维!他前面有一位戴鸭舌帽的青年,正在盘算如何偷走同座位乘客的皮夹。赵之走上前轻声道:"千万别那么想。"那青年吓得面如土色,车刚一靠站,他就溜走了。

赵之来到厂里,发现大张一边猛抽烟,一边在想,怎么才能把工具箱里的一把新电钻带回家。他走上前去,拍了拍大张的肩膀,笑着说:"一把电钻能值几个钱呢?"大张惊吓得半天说不出话来。此时,车间主任正苦思冥想着怎样才能和新分来的女孩搞婚外恋。他悄悄对主任说:"你一厢情愿有什么用,人家又年轻又是大专生,你能搞定?"车间主任满脸通红,又觉得莫名其妙。

这下,车间里所有人见了赵之都害怕,想法躲着他,生怕被他看出些什么。谁没有自己的隐私呢,你自个儿在那里想着,一下子就被赵之给看穿了,这多可怕啊。

车间主任向上级反映,要求调走赵之,理由是赵之与人不睦。

副厂长听说赵之与大伙不和睦,就找他谈话。他教导赵之说,与同事相处一定要求大同存小异,讲团结讲大局嘛。赵之看着副厂长的额头,突然神色紧张起来:"您千万不能用您刚才想的办法对付厂长。为了一个正副厂长之分,别把厂子弄砸了。"

"你……你胡说八道。"副厂长又惊愕又生气。顿时火冒三丈。

他撒手不管赵之的事了,其实是不敢再管了。

厂长亲自找赵之做思想工作。赵之接受了一番批评,临出门,小声地对厂长说:"您刚才想得对,十万块钱放在家里的水表箱下面还是不安全,依我看,把它交上去最省心。"厂长吓得两腿酥软,眼睛发黑,扶住门框才没有摔倒。这番惊吓之后,厂长才揣摸到赵之与人不睦的真正原因。

厂长把赵之作为一名技术能手,推荐给一个老乡的单位,他老乡是那里的头头。三天以后,老乡带着赵之来到厂长办公室,老乡咬着牙压低声对厂长说:"你太缺德了,真是老多老乡,背后一枪。"

怎样才能让赵之名正言顺地离开工厂呢?厂长想出了一条妙计。他命人出了一份离奇古怪的考卷,规定成绩不及格者都要下岗。随即,厂长又给厂里所有人发了一份答案,唯独没给赵之。考试时,每人关在独立的房间里,谁也瞧不见谁。这下,赵之果然得了个零分。

赵之回到了家,并没太难过,他相信自己的能力,不可能弄不到一碗饭吃。没几天,他就被一家私人企业高薪聘用了。两天不到,他又回来了。那老板赌钱赌输了,想购进一批棉籽油掺到菜油里卖。赵之发现他的想法后,及时规劝他。老板当面笑着点头,第二天找个茬将他辞了。

他回到家,老婆讥讽道:"你本事那么大,什么都知道,结果连工作也没了。"老婆气呼呼地说完,把头偏向一边不再理他。

过了半晌,赵之说:"好吧,既然如此,明天我就去南方,不再回来了。"

"为什么?"老婆万分惊愕地问道。

"因为你正在想找个什么理由和我离婚。"

(紫　雪)

(题图:安玉民)

决战幽灵岛

帕格尼在一所私立中学当音乐教师，因为极具才华，所以很受学生喜爱，尤其是女学生，简直视他为偶像。然而最近，他却陷入一场失踪案件当中。原来，这段时间学校陆续有漂亮女生失踪，校长莱维怀疑是帕格尼干的，因为他最有机会。

在多次被警方调查之后，帕格尼终于受不了了，他不明白为什么曾经和蔼的校长会变得如此暴躁，而且将拐骗女生的罪名强加在自己头上。他找到校长莱维说："拐走女学生的人确实在学校内部，但绝不是我。如果你相信我，我可以亲自调查这件事。"莱维听完一愣，沉默了半晌，还是同意了："很抱歉，这段时间我态度很不好，都是这些失踪弄的。希望你能查出结果来。"

得到校长肯定，帕格尼感觉轻松了许多，多日来积压在心头的怨气也消解了不少。他决定先请一天假，到海上做他喜欢的冲浪运动，放松一下。

　　冲浪板在海面上疾驰，很快便离开海岸近两英里。正当帕格尼全速滑行时，一艘快艇飞驰而过，把他的冲浪板打翻了。几乎与此同时，一连串子弹向帕格尼射来，帕格尼连人带板被压在了水下，这才躲过了子弹。可帕格尼在海里呛了几口水，失去了知觉。

　　不知过了多长时间，帕格尼终于醒过来了，看到满是弹孔的冲浪板，他不由庆幸自己还活着。可到底是谁要杀他呢？

　　帕格尼顾不上多想，他环望四周，发现自己躺在一个荒岛上，此时已是夜晚，月亮升起，周围一片寂静。望着黑暗中拍岸的海浪，帕格尼忽然来了灵感，模仿海豚的声音对着海浪清唱起来，声音悠远又具有穿透力，与海浪声相和，简直美极了。正在这时，一个高大的黑影从他面前一闪而过。帕格尼吓了一跳，问："谁？"还没等他反应过来，那个黑影便幽灵般闪到他的身旁，一把将他捉起。

　　帕格尼被带到了一座山洞，借着轻微的月光，他模模糊糊看到了幽灵的脸——黑黢黢的，两眼发着淡绿色的光。帕格尼试探着问："你真是幽灵？"幽灵盯着他，喉咙里发出恐怖的声音。

　　很快幽灵睡去了，帕格尼知道这是逃走的最好机会，他刚要行动，忽然听到不远处传来一阵悠长的叫声，像是海豚在叫，再仔细听，帕格尼心里一颤，似乎想起了什么。他循着声音找去，发现声音来自山洞旁的一个小洞。小洞用石头堵着，帕格尼用力去推，终于把石头推开。里面黑洞洞的，帕格尼轻声问了句："孩子们，是你们吗？"

　　帕格尼刚问完，几个黑影几乎同时扑了上来，把帕格尼抱住："老师，是我们，我们听到了你的歌声，所以我们也试着用您教给我们的海豚音与您联系，没想到您真的找到了我们！"女孩们兴奋无比，帕格尼也很激动,他没想到自己被困荒岛,竟找到了这些失踪的学生!

帕格尼问这些女孩儿是如何被带到这儿的,可孩子们也说不清楚,都说是在睡梦中被人带来的,现在又被幽灵看管着,至于为什么被囚禁在这里就不知道了。

帕格尼点点头:"不管怎么样,现在首先要离开这里,你们跟在我后面。"帕格尼说着就要走出洞口,刚迈出脚,就见那幽灵闪了过来,一把将他推进洞里。随着"轰隆"一声巨响,洞口被一个更大的石块堵住了。帕格尼使劲去推,可怎么也推不开,幽灵在洞外低吼着,帕格尼知道如果没有外面人的帮助,他们是不可能离开这里的。他安慰学生们:"有老师在,你们别害怕,大家先睡,明天我们再想办法。"

第二天,天刚蒙蒙亮,帕格尼就听到洞外传来一阵嘈杂的声音,难道有人来救我们了吗?帕格尼对着洞口,大声呼唤:"外面有人吗?救救我们!"

外面果然有人,而且还不少,只听一个人大声问:"幽灵,昨晚有人来吗?那几个天使没问题吧?"幽灵低吼了几声,又过了一会儿,小洞门前的巨石被移开了,帕格尼抬头一看是莱维校长,惊喜地问:"校长,您来救我们了吗?"

莱维校长一见是帕格尼,吃了一惊,但他马上就露出狞笑:"你认为我是来救你的吗?"说着,他望了望自己身后一群荷枪实弹、面目狰狞的家伙继续说,"没想到你命这么大,没死在我的子弹下。你是一个聪明人,即便不告诉你,你也会想明白是怎么回事,我是这里的蛇头,我看上了私立学校这些美丽的女孩子,她们简直像天使。这些天使卖到菲律宾可是价格不菲呀!"莱维得意地点了支雪茄,示意幽灵看管好帕格尼,然后又命人把石洞里的女学生押向货船。

帕格尼愤怒得不知说什么好，他知道一旦女孩子们被押上货船，她们的一生就会毁掉，可自己身单力薄，根本无能为力，眼看着女孩子们一个个被押上货船，帕格尼心如刀割。

莱维得意地向帕格尼招招手："你将成为海豚的早餐，爱管闲事的家伙。"说完，一跃上船，并大声提醒幽灵，"回来时我会带最好的巧克力给你，好好干，我的朋友！"

货船启动，幽灵也要执行主人的命令了，它一步步向帕格尼走来，帕格尼这才看清，原来这是一只巨猿。

帕格尼顾不上自身安危，他焦急地向越行越远的货船望去，这时，离货船不远处一只海豚跃出水面。帕格尼头脑中灵光一闪，海豚——天啊，这些上帝的宠儿！惊喜中，帕格尼运足底气，面向大海大声歌唱，那嘹亮的海豚音像是和海豚沟通的语言，很快海面上聚集起无数的海豚。它们向货船靠拢，用有力的尾鳍向货船撞击过去。

船里的莱维正在做发财的美梦，忽然感到船体剧烈震颤，当发现是海豚正撞击船体时，他愤怒地命人向海豚开枪。很快，附近的海水被染红了，其他的海豚都被激怒了，更加暴躁。逐渐的，聚集的海豚越来越多。

乘着混乱，船上的女孩子们逃了出来，纷纷跳入海中。神奇的是，海豚们立即将女孩们驮在背上，送到海岸的浅水区。

终于，船被撞沉了。莱维在海中游着，他向岸边望去，才发现是帕格尼的歌声在指挥这些海豚。他爬上海岸，一边跑一边发疯似的向幽灵吼："快把帕格尼杀死。"

可不知为什么，幽灵并没有听他的命令，反而随着帕格尼的歌声翩翩起舞。莱维知道如果再不动手，恐怕自己都会着魔，他立即举起枪射向帕格尼。

就在这千钧一发之际,巨猿纵身横在了帕格尼和莱维中间,子弹穿过它的胸膛。几乎与此同时,莱维也惨死在愤怒的巨猿手下。巨猿轰然倒下,可它的眼睛却盯住山洞不放,手也一直指向那里。

帕格尼猜巨猿在做某种暗示,他和学生们冲进山洞,果然在山洞深处发现一个蓬头垢面的人,仔细一看,不禁大惊:怎么又一个莱维校长?

不容多想,帕格尼把莱维校长身上的绳子解开。原来这才是性情温和的莱维校长,刚才死在巨猿手下的人是他的胞弟。为了让莱维的学校成为自己的"货源",莱维的胞弟不惜把哥哥绑架至此,自己摇身一变成了校长。

众人从山洞中走出来,一切都已恢复平静,巨猿已奄奄一息。莱维见状不禁动情地流下热泪:"本来我的弟弟已决定将我杀死,是巨猿把我藏在了山洞,要不是它每日给我巧克力吃,恐怕我也活不到今天。"

(马凤文)

(题图:佐 夫)

与狼周旋

那年,我是边防军的一个团长。当时,我们部队为了改善伙食,每个连队都养了不少羊,但却经常遭到狼群的围攻,死羊都码成了垛,那情景真是惨不忍睹。眼看狼群越来越肆无忌惮,在请示了上级之后,我就从各连队抽了二十名优秀射手,组成一个加强连,专门围捕狼群。

可说也奇怪,这之前狼群经常是大摇大摆地从我们眼前招摇过市,可自从加强连成立后,每每捕狼总是扑空。战士们当然不会甘心,我的通讯员入伍前是个口技爱好者,尤其擅长模仿动物的叫声,于是我就和他想了一个引狼上钩的办法。

一个月黑风高的夜晚,我和战士们把一群羊赶到狼群经常活动的一个叫"嘎巴"的地方圈起来,然后从牧民那里借了一张儿狼皮,披在通讯员身上，故意把他"拴"在羊圈木桩上，让他学狼嗥，我们想用这个办法把狼群引来，然后一举灭了它们。

一切准备就绪，我和战士们悄悄埋伏在羊圈的四周，很快，引来了两只老狼，绿荧荧的眼睛在漆黑的夜里闪着瘆人的光。它们在远处徊徊了一会，然后其中一只狼原地守候，另一只狼小心翼翼地靠了上来，张望了一阵又悄悄退了回去。这之后，一只狼飞快地跑了，我猜想是去给狼王报信的，另一只狼则留下来继续守候。

我估计要不了多少时候，狼王就会带着群狼来救我们通讯员假装的这只"狼"、而且这里还有一大群肥羊可以下口，只要它们全部进入我们的包围圈，我们就可以把它们一网打尽，所以我和战士们一动不动地守候着。可是等呀等，已经过了夜半，狼群还是没来，倒是留下守候的那只狼也悄悄走了。我猜不透它们在搞什么名堂，正迷惑不解的时候，忽然远处传来人喊马嘶声，还夹杂着零星的枪声，不一会儿，八连的战士跑来说，他们队里的羊群遭到大批野狼的袭击，急需增援。我这才发现自己上了狼的当，这帮家伙在和我们玩"声东击西"的游戏哩。我吩咐通讯员留下看着这群羊，自己便火速率兵增援。

但让我们万万没有料到的是，赶到八连一看，哪有野狼的袭击，羊群连根毛也没损伤，我真是又恼怒又纳闷。这时候，身后又传来一阵急促的马蹄声，我的通讯员追来了，说是我们刚离开，羊群就遭到了狼的袭击，通讯员吃不准情况，不敢乱开枪，只得赶紧来报信。

我只好带着战士们又火速回去，但为时已晚，那群羊已经全部被狼掠走了。我不死心，和战士们顺着狼爪印一路追下去，不久就发现前面有一群黑乎乎的东西。不好，狼群有埋伏，我吩咐战士们做好战斗准备。可奇怪的是，这群狼既不前进也不后退，一直在原地打转。我想狼最怕亮光了,就命令战士们把手电筒都打开,一齐射过去。可亮光处一看,大家都惊呆了,它们哪里是狼,原来就是我们赶来故意引狼的那群羊啊!

这就奇怪了,狼群早走了,羊咋还原地打磨磨?又没有木栅栏圈着。待走近一看,原来这些羊的眼睛全都被搞瞎了。不用说,狼群之所以不吃掉羊而搞瞎了它们的眼睛,分明是在向人示威呀!

我们这回算是领教了狼的厉害,但也从此更坚定了灭狼的决心。不过有一点我心里挺纳闷的:狼咋知道引它们上钩的"狼"是人装的呢?后来,我请教了牧民,才知道其实狼的嗅觉极其灵敏,你再怎么伪装,但人的气味却逃不过它的鼻子。这倒是给我们灭狼出了难题:人的气味与生俱来,怎能说没就没呢?后来还是通讯员提议,想办法把气味化解掉。在牧民们的帮助下,他和战士收来了好多狼皮,把它们放在开水锅里煮,然后就天天用这种煮过狼皮的水洗澡;这还不算,就连大家平时穿的衣服和鞋子,也统统用这种水浸泡。甭说,半个月后,连牧羊犬见了我们都起劲地狂吠,我想它们一定很奇怪:人身上咋来的狼味?

经过充分准备之后,我们就开始静待时机。

机会终于来了!这天黄昏,哨兵报告说,营地前面的雪原上突然出现了狼群。我举起望远镜一看,可不是吗,远远望去,雪原上到处是狼,一个个肚滚腰圆的模样。莫非它们今天是冲着我们营地来的?这帮家伙也太自不量力了吧!"哼,正等着收拾你们呢!"我立刻把战士们召集拢来,把这些天反复和大家在一起酝酿的围狼方案再从头仔细地说了一遍,随后大家就悄悄出发,分左中右三路向狼群包抄上去。

这时候,天正好完全黑了下来,我们就借着夜色的掩护,各自迅速迂回包抄到位。由于平时洗透了狼皮澡,群狼对我们的到来果然毫无察觉。我一看时机已到,便果断地命令司号员吹响军号,战士们几乎是同时出击，雪原上人马声，机枪声，夹杂着群狼惊恐的嗥叫声，顿时响成了一片。

这回，狼王似乎知道是真正遇到了险情，猛地发出一声凄厉的长嗥，顷刻之间，骚动的狼群便安静下来。不过此刻，它们的耳朵都齐刷刷地竖了起来，尾巴急速地摆动着，然后雄狼在前，母狼居中，小狼在后，直朝前狂拥而去。

狼逃生的这个缺口其实是我们故意留出的，这正是我们想要的结果。因为它们朝前狂拥的其实是一条不归之路——前面是个大冰湖，但却被大雪覆盖得严严实实，神仙也认不出来。我在这里当了二十年的兵，对地形了如指掌。

果然，上了冰湖的狼就由不得自己了，晃晃悠悠地在冰面上扭起了秧歌，更多的则摔得四脚朝天。狼知道上当，但战士们左中右三路瓢泼的枪弹又逼得它们无法有别的选择，只能连滚带爬地继续朝前拥。看着它们临死前的这番挣扎，战士们真是觉得解恨。

眼看着这群狼已经跌跌冲冲拥到了冰湖中心，就在这时候，突然惊天动地一声响。湖面突然爆裂开来，狼群简直就像下饺子一样，纷纷落入了湖中，即使跟在后面没有走到冰湖中心的狼，因为后面战士们枪林弹雨的堵击，也只好往冰湖里跳。

战士们看到狼群纷纷落进了冰湖，都高兴地大叫着从埋伏点上冲了出来。我一看这阵势，当机立断命令大家立即停止射击。为啥？一是考虑越到最后胜利的关头越要沉得住气，现在天已经黑下来了，应该尽量让大家避免不必要的伤亡；二呢，这狼皮可是部队战士御寒的宝贝，尤其是没有损伤的狼皮。于是我在冰湖周围布置了警戒线，让战士们轮流值班休息，单等天亮之后再作最后的收尾行动。

第二天天一放亮，战士们就迫不及待地起来了。好家伙，此刻冰湖里黑压压一片全是狼，由于天气寒冷，湖面的水又结了一层冰，牢牢地封住了儿狼群。我带领战士们向冰湖围上去，让我们吃惊的是，此时此刻，我们发现那些老狼早都在冰层里冻死了，而它们背上驮着的小狼有的竟还活着，正瞪着惊恐的眼睛不知所措地望着我们……

　　我曾经好多次听说过，在生死抉择的最后关头，狼爸狼妈把生的希望留给狼崽的故事，可如今亲眼目睹这样的场面，我的心还是被深深地震撼了。

（刘春山）
（题图：安玉民）

稻草人

高考一结束，步森就对妈妈说要去乡下的外婆家过暑假。妈妈说："外婆家周围有许多稻草人，去了后不许走近稻草人。还有，在离外婆家一公里远的地方有一条小河，你不许下河游泳。这两件事情你一定要答应妈妈，否则，我是不会让你去的。"步森刚想问个为什么，可话到嘴边就咽了下去，大声说："遵旨！"

第二天一早，步森就乘汽车来到了外婆家，外婆早就炖好了步森最喜欢的排骨汤。喝完汤之后，他坐在外婆家门口的躺椅上，不知不觉睡着了。

正睡得香甜，刚刚还晴朗的天空顷刻之间乌云密布，下起了瓢泼大雨。步森被惊醒后惊慌失措地向外婆家里跑，谁知外婆家紧闭门窗，任凭步森如何敲打就是无人应声。步森被雨淋得浑身发冷,四下张望一番,发现不远处的玉米地中有一棵参天大树长得枝繁叶茂,他来不及多想就跑向了大树。

大树的枝冠伸展开来有十几平米的样子,大雨到达地面时已经变成了微不足道的细雨。步森暗自庆幸自己的聪明,就在这时,忽然他听到一阵阵细若游丝的声音传来,尽管十分微弱,若有若无,他还是听清楚了这个声音竟然呼唤的是他的名字:"步森,你来了!你来了,步森!来了就好,来了就好!"

步森吓得一个激灵,有心想离开大树,却好像被魔力牵引一样,不知不觉地朝着声音的方向走去。他深一脚浅一脚地在玉米地中行走,推开一棵又一棵玉米,终于发现声音竟然来自于一个稻草人!

稻草人当然是用稻草扎成的,不过手法很巧妙,扎得十分形象,尤其是稻草人一双眼睛,似乎还能跟随着步森身体的移动而转动。步森吓得不行,声音颤抖着问:"是你,是你在叫我吗?"

稻草人说:"不是我,我是稻草人,怎么会说话呢?"

步森听了这句话,舒了一口气说:"就是,稻草人怎么能说话呢?我真是笨呀!"然后步森忽然明白过来这句话就是稻草人告诉他的,他大叫一声:"天啊,你就是会说话!"说完,步森什么也顾不上拔腿就跑。身后还传来稻草人细细的呼唤:"你别跑,你别跑!快点回来!"

步森醒来时已经满身大汗,他发现外婆站在自己身边,边给自己扇扇子边关切地问:"步森,是不是做噩梦了?不要紧,噩梦只是一场梦,醒过来就好了。"步森被自己的梦吓着了,又想起了妈妈对自己的叮嘱,就问外婆:"外婆,妈妈为什么不让我接近稻草人,不让我去河里游泳?"

外婆笑眯眯地说:"你妈妈小时候有一次晚上出去玩被稻草人吓坏

了,她说稻草人抓住了她的衣服不让她走了。其实是稻草人身上的一个钩子勾住了她的衣服。从此以后她就怕死了稻草人。还有一次她下河学习游泳,差一点被淹死,所以她到现在都很怕水。她这样做也是关心你。"

过了很长时间,步森还是感觉刚才的梦阴森真实和可怕,玉米地一眼望去无边无际,几个稻草人在玉米地深处若隐若现。外婆做饭去了,步森一个人闲着无事就决定到处走走。乡下的空气果然新鲜,步森听着不绝于耳的鸟鸣,看着脚下盛开的不知名的小花,很快就忘记了刚才的不快与不安,高兴地小跑起来。

跑着跑着,步森听到身后好像有脚步声,回头一看,步森吓得够呛,一个女孩在离他身后不到一米远的地方紧紧地跟着他跑。步森急忙站住,问她:"你是谁?跟在我身后干什么?"女孩也站住了,笑容中有一丝羞涩:"我叫阿婴,家离你外婆家不远。早就听你外婆说你要来,我就想认识你。因为我还没有一个城里的朋友。"步森向阿婴伸出了手说:"很高兴认识你,阿婴!"阿婴和步森握了握手:"我更高兴!"

步森跟随阿婴来到了小河边,阿婴说"这条小河虽然水不深,可是每年都会淹死人,所以村里的老人们都说这是一条不吉利的河,都叫它死河。还有人说这条河里淹死的人太多了,所以里面有许多水鬼,水鬼要找到替死鬼他们才能投生,所以老人们不让自己的孩子来河里游泳。不过我不怕,我从来不相信他们的说法。我的水性特别好,水鬼就是想淹也淹不死我。"

阿婴又给步森讲了许多趣事,还给步森讲了不久前发生在村里的一件离奇的命案:"前些日子,村里的一个赤脚医生晚上去出诊。第二天有人在玉米地发现了他的尸体,尸体旁边还有不少稻草和破衣服,很明显是一个撕碎的稻草人。医生是被人掐死的,一双稻草人的手还留在医生的脖子上。医生死后不久,村里有一个妇女晚上从娘家回来,半路上被一个稻草人追赶,幸亏妇女胆大心细跑得快才没有被追上。这一下村里的人都相信稻草人在闹鬼,有人建议把所有的稻草人都扔掉,不知道谁在传言说谁敢动稻草人谁就会得病死去。结果村里人谁也没有扔掉稻草人,谁也不敢晚上再出门了。"

虽然阳光很强,步森听完阿婴的叙述后还是感觉浑身发冷,好像周围的玉米地全部都冒出阴森森的冷气一样。阿婴"咯咯咯"笑了起来:"没想到你这么胆小,我是故意吓你的。虽然有些事情确实有些离奇,不过并不是什么鬼怪闹的。我才不怕鬼呢!我们下河游泳吧!"说完,阿婴脱掉了外面的衣服,只穿了一件紧身衣服,"扑通"一下子就跳到了河里。步森在学校里也是游泳好手,才不会怕这样一个小小的河流呢,也脱掉了外面的衣服跳到了河里。

河里的水凉而不冰,很是舒服。阿婴游技不错,一个猛子能扎出老远。步森也不甘示弱,拿出了平时所有的游泳本事。两个人在河里像两条鱼一样快乐地游来游去,把一些传说和闹鬼的吓人的说法早就抛到了九霄云外。游着游着,忽然阿婴大喊:"快来救我,有人在拉我的腿!"话音刚落,阿婴就一下子沉到水里不见了。

步森大惊,急忙游到阿婴沉没的地方一个猛子扎了下去。河水不太干净。步森在河水中什么也看不到,只好乱摸,希望能够摸到阿婴。结果半天什么也没有摸到。没办法步森只好浮出水面,大喊:"阿婴,你在哪里?你在哪里呀,阿婴!"没有人回答他,四周一片寂静,只有风吹过的沙沙的声音。步森害怕极了。猛地扒拉几下游到了岸上,想穿上衣服回去叫人,却发现衣服不见了。

怎么才来一天就全是怪事?步森感到头皮发麻,后脑勺直冒冷气。

步森正准备跑回外婆家,眼前人影一闪,只见阿婴笑盈盈地出现在他面前:"吓坏了吧,我骗你的。别那么胆小好不好?我其实只是想骗你一下,告诉你不用害怕的,别担心,什么事情都没有!"

步森却一点也不觉得好笑,有些生气地说:"你别再这样了好不好?你知不知道这样一点也不好笑,相反还真是有些吓人!好了,现在我们回家吧,你把我们的衣服藏哪里了,快拿出来吧?"

阿婴一脸的惊讶:"我没有藏衣服呀,我刚刚从水里出来!真的,我不骗你!那衣服哪去了?"步森四下去寻找一番,还是没有衣服的影子。阿婴也着急了,和步森一起找了半天,衣服好像凭空消失了一样。步森开始害怕起来:"会不会是什么水鬼把我们的衣服给偷走了?"

阿婴也变了脸色:"这里很少有人来的,到底是谁拿走了我们的衣服呢?真是怪事!"步森知道再找下去也没有什么结果,就和阿婴一起回到了外婆家。

外婆得知步森和阿婴去河里游泳还丢了衣服,训斥了阿婴几句还责怪了步森一番,步森问外婆为什么会丢掉衣服,外婆摇头说:"这可不好说,说不定是谁家的孩子捣乱给拿走了,也说不定是狗呀猫呀的给叼走了。阿婴你去村里问一问,看看是不是谁家孩子到河边玩拿走了你们的衣服?"阿婴答应着走了。

晚上步森起来上厕所,因为乡下的厕所都在院子里,需要走一段黑路。步森睡得迷迷糊糊的,在月光下一路摸索着走到了厕所。一抬头,步森就看到了不远处黑黑乎的玉米地中似乎有人影在晃动。步森吓得一激灵睡意全消,他睁大了眼睛仔细一看,没错,确实有一个人伸直了双臂在玉米地中走来走去。步森不相信自己的眼睛,向前走了几步。这一下步森看得清清楚楚了,伸开双臂的不是一个人,确切地讲应该是一个稻草人!他身上穿着破旧的衣服,头也是布做的,看不清眼睛,但是可以看清他身下的用来支撑稻草人的一根木棒!步森吓得魂飞魄散,没命地跑回了自己的卧室。步森想叫醒外婆,可是当他再看向窗外时,窗外除了玉米地和月光之外,什么也没有。步森擦了下头上的汗,躺在床上胡思乱想,却再也睡不着了。

一连几天怪事不断,步森感觉自己真的再也无法忍受了,便向外婆提出了要提前回去,外婆同意了,不过她有些伤感地说:"步森呀,外婆老了,恐怕你以后再也见不到外婆了。"

真是不幸而言中,回到城里十多天,步森就接到了外婆病逝的消息,他决定与父母一起下乡为外婆送终。外婆平时为人十分善良,所以村里为外婆送终的人很多。步森在外婆的灵前伤心欲绝,这时阿婴走到步森身边,把他拉到一边,悄悄地说:"步森,外婆临死前让我把事情的真相告诉你,她说她不想让你心里蒙上阴影,但你要保证不告诉别人。"步森望着阿婴神秘的眼神,点点头:"说吧,我保证!"阿婴这才打开了话匣:

那条小河淹死的人并不多,只不过因为我们这里离城市近,许多城里人都喜欢节假日来这里钓鱼,游泳。不过,鱼没有钓到多少,却淹死了一些到河里游泳的人。这里还有块湿地,一些城里人听说后就三五成群到这里来打野兔,为了不让他们来这里破坏生态环境,村里人想了许多办法都不奏效。有一次,村治安委员巡防时在玉米地中发现了医生的尸体,医生就死在稻草人旁边,稻草人也在争斗中被撕坏了。他灵机一动,想出来一个办法,因为医生是被人掐死的,他就把稻草人的两只手臂放在医生的脖子上,造成了被稻草人害死的假象。然后他又偶尔在晚上装成稻草人跑来跑去。让人们相信我们这里有鬼。然后再散布一些河中有水鬼的谣言来吓唬城里人。这一招十分灵验，很少再有人来我们这里钓鱼破坏湿地了。外婆知道事情的真相，本来想告诉你，又担心你破坏了我们苦心营造的效果。

"啊，原来如此！"步森听后长吁了一口气，不过，他心里的疑点并没有全都消失，比如，那个医生到底是怎么死的？

与阿婴告别后回到城里没两天，步森的大学通知书下来了。就在这天，本市晚报上一则不起眼的小消息，吸引了步森的注意：

本市郊县某村村医被杀一案近日在警方的大力侦破下宣告破案。原来医生在出诊时一个人独自走夜路，被一个流窜犯撞上。流窜犯见医生一人出诊，以为医生身上会有不少钱财，一时心起歹意将医生杀死。近日该名流窜犯在异地作案时落网了，说出了当年所犯罪行。

(崔　浩)
(题图：魏忠善)

狠心的嫂子

吴树勤和于莉花是一对夫妻,男的老实得要命,女的能干得不行,所以这个家从来是女的说了算。这天,于莉花坐在矮凳上剁猪草,吴树勤坐在门槛上补箢箕,忽然,"叮铃铃"一阵清脆的单车铃声响,吴树勤抬头一看,乡邮员到了家门口。自从弟弟吴树俭去云南淘金以后,不时有乡邮员送信送汇款单来。不过这回来的是电报,树俭的单位打来的,而且是打给吴树勤的弟媳蔡秀秀的,秀秀回娘家去了,吴树勤便代她签收了下来。

乡邮员飞身上车走了,吴树勤笨手笨脚地抽出电报纸,只见上面写着:淘金洞崩塌,吴树俭遇难,速来料理后事。像一根木棒击在脑门上,吴树勤只觉得天旋地转,跌坐在门槛上,好一阵,才"哇"地哭出声来:"我可怜的弟弟呀,你死得好惨哪……"

于莉花也掉了几滴眼泪,但到底没吴树勤伤心,说,"人已死了,再哭也哭不转了,赶紧想办法处理后事吧。"她把吴树勤拉进屋里,劝道:"听说这样的死亡是可以问老板要笔钱的,我娘家那边去年有个人在广州打工死了,安葬费、抚恤费要回了二万多元。"吴树勤一听,哭着说:"人死了,钱再多也是空的了有什么用啊。"他越想越伤心,越哭声音越响。

于莉花板起面孔吼道:"你哭魂哭!只晓得哭,像个男人吗?"于莉花一吼,吴树勤止住了哭声,说:"那就通知秀秀去领钱吧。"于莉花眼一瞪:"这钱怎么能让她去领?她和树俭结婚才几个月,你爹妈死得早,是你把他拉扯大的,这钱该归你领。""可树俭和我们是分了家的,秀秀肯吗?""就是要想主意呀,你这个木脑壳!"

吴树勤捧着脑壳,好久想不出个名堂。他也没有心思去想,失去弟弟的悲痛,使他脑子像一盆浆糊。可于莉花已经想得有眉有眼了,她对丈夫说:"秀秀才二十出头,长得水仙花一般,结婚不到半年,又没怀孩子,她能不再嫁吗,如果这笔钱到了她手里,岂不被她带走,给了别的男人?"

吴树勤点点头,觉得老婆说得有理。

"所以,"于莉花说,"这笔钱,只能你去领,你是他亲哥哥,名正言顺,秀秀则要暂时瞒着她。她娘家离这里三十多里路,一时听不到消息,我们暂不声张,连村里人也瞒着,反正电报没别人看过。"吴树勤为难地说:"可咱们总不能长期瞒下去呀?"于莉花挺有把握地说:"咱们让秀秀赶快再嫁,她嫁给了别人,再来问我们要钱就没道理了。"

"可这……"

"这什么,你赶快收拾,去云南领钱,秀秀这边的事由我来办。"

吴树勤走后,于莉花也忙开了,她直奔村里的小卖部,买了两瓶酒,两盒糖,随后便提着兴冲冲赶到三里外黄桥镇上的表叔家。于莉花的表叔叫田禄丰，于莉花在娘家时，常来走动，两人关系暧昧，出嫁后便再也没来过。这田禄丰可是个心黑手狠的家伙，什么昧心的钱都会赚。听说他曾经干过拐卖妇女的勾当，秀秀又不认识他，于莉花此行就想请他把秀秀卖了。

来到黄桥镇田禄丰家，正巧只有田禄丰一人在家。两人亲热一阵以后，于莉花就把话都挑明了，说："表叔，秀秀可是我家的人呀，如果我把这笔生意送给别人，你一个子儿也捞不着。咱们明人不做暗事，说定吧，卖得的钱咱一人一半。"

事实上，对田禄丰来说，办这种事儿十拿九稳，这不明摆着是送上门来的一笔额外财喜吗，所以他也没再多说什么，两个人又详细商量了行动方案，随后于莉花就回了家。

话说两天以后正是端午节，县文化馆和体委联合，在县城举办龙舟赛，远近几十里的人都赶来看热闹，秀秀也去了，正看得高兴哩，一个背挎包、戴遮阳镜的人把秀秀拉出了人群，这人就是田禄丰。他稍稍化了装，头发被染黑了，胡须也刮了，加之那副遮阳镜，遮住了他的真容。

田禄丰故意变了乡音，南腔北调地问："请问，你是蔡秀秀吗？"

"你是……"秀秀疑惑地问。

田禄丰把电报递给她："你丈夫出事了，我刚才到你家里，说你来看赛龙舟了，我就追到这里。"

那份电报其实就是那天乡邮员送来的，如果秀秀有点脑子，想一想既然单位派人来报丧，怎么又会带份电报来呢，这不明显是个漏洞？可人到这时候哪还会细想啊，秀秀看完电报，身子就软了。田禄丰一把扶住她，说："你千万要节哀，我是和树俭一起淘金的，姓周，你就叫我周叔好了。我是来接你去料理后事的，快去车站吧，误了这趟车，今天就走不成了。"这时候,秀秀脑子里一片空白,只想着自己的命怎么这么苦,才结婚几个月,相亲相爱的丈夫就撒她而去。她简直痛不欲生,一路上哭哭啼啼,哪里还顾得上看站名路牌,就这么任由田禄丰引着,一路颠簸,还自以为是去云南找寻丈夫的亡灵。直到那个自称周叔的突然有一天不见了人影,而一个满嘴酒气的男人硬拉着她一起上床时,她才知道自己被拐卖了。

一个星期以后,田禄丰回来了,没先回家,而是先来见于莉花。于莉花见他满脸喜气,知道事情已经办成,赶紧杀鸡打酒,招待这位表叔。酒足饭饱之后,两个人便坐地分赃,把卖得秀秀的三千元钱二一添作五,一人一半分了个干净。

第二天,吴树勤也风尘仆仆地回来了,他领回了树俭一万九千元的抚恤费。

于莉花接过厚厚一叠票子,喜得手指发抖,连数几次也没数清。她太兴奋了,自己活了三十多年,别说摸过,就连见也没见过这么多钱哇!于莉花忍不住又赶紧掏出田禄丰昨天给她的一千五百元钱,向丈夫说起了拐卖秀秀的事儿。

于莉花满以为自己办事儿干脆利落,不留后患,可谁知从未在老婆面前发过火的吴树勤,这回却拉开嗓门吼了起来:"你们这样做太过份了,怎么对得起秀秀?更对不起死去的树俭呀!"

"你这个该死的,"于莉花也跳了起来,放声大哭,"我这样做还不是为了这个家?你不但不领情,还说我的不是,这日子没法过了,我们马上去离婚……"于莉花一边哭骂,一边就要朝屋外冲。吴树勤一看于莉花这个阵势,手脚全乱了,哪里还敢争辩,只有点头称是了。

于莉花心中暗喜,便趁热打铁对丈夫说:"秀秀是被拐骗卖了的,她娘家知道了准会来找我们的麻烦,我们一定要走在他们前面。明天清早,你就去她娘家报丧,告诉他们树俭的死讯,我带些人随后就来。"

吴树勤尽管觉得这样做太缺德,但怕于莉花跟他离婚,只得点头答应。

再说那天端午节秀秀上县城看赛龙舟,原本说好看完比赛去看哥嫂的,所以一个星期没回家,娘家人一直以为是哥嫂留她住些日子,所以现在见吴树勤上门,便以为发生了什么事,赶紧问道:"秀秀好吗?"吴树勤心里一阵紧张,故作镇静地说:"秀秀?秀秀不是一直在你们娘家?我是来给她报讯,接她回去的。"

"报什么讯?"

"树俭死了。"

像晴天霹雳,秀秀妈惊懵了:"女儿不见了,女婿又死了,我、我怎么活呀?求求你,快去帮我找秀秀吧……"

吴树勤自然没去找秀秀,而是根据老婆的嘱咐,立即赶回了家里。这时候,于莉花已经把问罪之师调集好了,七大姑八大姨、远房兄弟、近房叔侄,男男女女几十个,租了部小四轮,浩浩荡荡,气势汹汹赶到了秀秀娘家。

秀秀妈正哭得死去活来,于莉花她们一帮人却不管三七二十一,扬言秀秀嫁到吴家,就是吴家人,现在生要见人,死要见尸。于莉花使出了善骂的本事,把秀秀家的人,连同她家祖宗三代,骂了个狗血淋头:"你们蔡家好没良心哟,我弟弟刚死,尸骨未寒,你们就把他老婆偷偷地嫁了,你们怎么做得这样绝哇……"

随后,于莉花便指使大家杀猪的杀猪,捉鸡的捉鸡,捞鱼的捞鱼,买酒的买酒,摆开桌子,海吃海喝,闹腾了一天一夜,才扬长而去。

晚上,于莉花硬要吴树勤和她一起躺在树俭和秀秀的新房里。看着屋里亮闪闪的家具,闻着被褥上那淡淡的幽香,于莉花心里真有说不出的惬意。现在,她的心里彻底踏实了,秀秀娘家不好再找自己的麻烦了,而且经过这一闹,众所周知,秀秀是在她娘家走失的,就是以后人回来了,栽她个私逃出嫁的罪名,秀秀也没有脸面找自己要树俭的抚恤费,也不好要回她自己的嫁妆了。于莉花摸了摸枕头下的那包钱,心里像溶了一罐蜜,真是人无横财不富,马无夜草不肥,有了这两万多元钱,到今年冬天,就可以拆旧屋盖新房了。嗨,要建一座两层楼的红砖瓦房,门面上要嵌瓷板,玻璃窗要装铝合金的,再摆上秀秀这套亮闪闪的家具、彩电……于莉花越想越兴奋,久久难以入睡,她翻了个身,脸朝着窗外。

猛然,她见窗户上有个头发蓬乱的人影,脸白惨惨的,嘴大张着,伸出长长的舌头。于莉花的头发竖了起来,大叫一声:"有……有鬼!"那人影一闪,不见了。

吴树勤被于莉花的叫声惊醒了,睡意朦胧地问:"叫什么?"此时,于莉花已经吓得浑身发抖:"我刚才看见窗户上趴着个人,有点像树俭,莫不是你弟弟阴魂现身。"吴树勤一听,心里吓得呼呼跳。

第二天夜半时分,于莉花正在床上翻来覆去睡不着,忽听外面一阵风声,紧接着是厨房开门声,揭锅拿碗声,于莉花赶紧捅捅吴树勤,两个人屏声息气缩在床上,不敢出去。次日早上,两个人到厨房一看,见昨夜吃剩的饭菜果真被人动过了。难道真是树俭的鬼魂回来了?于莉花胆颤心惊地说:"看样子,是你弟弟死得冤,阴魂不散,我们设个灵堂,请道士来做几天道场,超度他的亡灵吧。"吴树勤虽不太相信鬼神,但吞了弟弟的抚恤费,又把弟媳卖了,总觉得对不起弟弟,做做道场也好,于是两个人便细细商量起来。第二天,他们就在堂屋里设了灵堂,请来道士,一连做了三天三夜道场。

道士走了以后,灵堂还设着,于莉花知道自己做得太绝,也想借灵堂来平衡自己的心理。这天夜里,吴树勤去看田水还没回来,于莉花到树俭的灵位前,添油添香烧纸钱,然后跪下来,一边磕头一边说:"弟弟,嫂子对不起你,你饶了嫂子吧,以后每年七月半,我一定不忘为你多化纸钱……"谁知于莉花话音未落,"呼"的一阵风响,灵前的油灯倏地熄灭了。于莉花吓得手脚冰凉,正想转身离开,忽然头发好像被人揪住了,耳边响起树俭的声音:"秀秀哪去了?"于莉花已经三魂掉了两魂,哪里还敢隐瞒什么,战战兢兢地说:"弟弟的英灵在上,是嫂子不好,我把秀秀给卖了。"

"卖在哪里?"又是一声阴冷的喝问。

"是我表叔田禄丰卖的,卖在哪里我也不知道。树俭,以后嫂子为你娶个鬼妻吧,求你别来吓我了……"

正在这时,门外响起了脚步声,是吴树勤回来了。只觉灵堂后边一阵风响,于莉花觉得揪自己头发的那只手松开了。

吴树勤拉亮电灯,见妻子脸色灰白,猜想定是弟弟的鬼魂又来了,赶紧跪了下来,磕头作揖道:"树俭,你饶了嫂子吧,她也是为了咱吴家呀,若是弟媳带着这些钱物改嫁,还不是好了外人?"

从这以后,于莉花的心再也安不下来了,每天战战兢兢,到了夜里,更像过鬼门关一般。她知道,长此下去,自己不是被吓死也会被吓疯,丈夫是拿不出什么主意的,只有向田禄丰讨计了。第二天清早,她跟丈夫撒谎说要回娘家一趟,却进了田禄丰的家门。

于莉花给田禄丰说起了屋里闹鬼的经过,起初田禄丰还不以为然,可当听到厨房里的饭菜果真被人动过时,头皮也发起麻来。他一边吸烟,一边踱步,思来想去,最后牙一咬,说:"一定是树俭没死,回来了。到了这一步,只有一不做二不休,杀他灭口了。"

听说杀人,于莉花的脸刷地白了:"这怎么下得了手?"田禄丰脸色阴沉地说:"无毒不丈夫嘛。你想,树俭躲着不见你们哥嫂的面,在家里装鬼弄神,这说明他正在寻找证据,想报仇。若让他得逞,我们就是不挨枪子也会坐牢,只有把他弄死,我们才能平安。反正现在大家都知道他已经死在云南了,杀了他不会有人知道。不过,这事儿最好瞒着你丈夫,他们毕竟是哥俩,万一生出什么枝枝节节的事儿,就真的很麻烦了。"

于莉花想不出更好的办法,现在只能跟着表叔一条黑道走到底了。

第二天晚上,于莉花故意把吴树勤支到山背后的牛角坳去看田水,随后悄悄关紧了厨房门,把从田禄丰家带回来的速效老鼠药拌进饭里,像往常一样,把这碗饭放进菜柜。她忐忑不安地躺在床上,听着厨房里的动静。她知道,田禄丰就在屋后的竹山上等她,只要树俭一死,他就会来帮自己把树俭埋进深山,从此再不会有后顾之忧了。可是,今天的夜怎么这么漫长,过了好久好久,月影却没移动多远。于莉花不敢入睡,也不敢翻身,怕弄出声响,影响了今夜的计划。她在床上硬挺着……

终于,脚步声响起来了,于莉花的心一阵狂跳。果然,不一会儿,从厨房里传出一阵低微的呻吟声,接着,是一声沉重的倒地声。于莉花心中暗喜,知道树俭已经中毒身亡,但她没有马上出去,担心树俭没死落脚,她怕看他那临死时的目光。又等了几分钟,外面没什么响动了,她才从床上爬起来,走进厨房,拉亮电灯。

"天啦,怎么是他?"于莉花惊得目瞪口呆,原来倒在地上的不是树俭,而是丈夫吴树勤。于莉花双腿一软,瘫了下去。她又惊又怕,又悔又恨，现在怎么办？怎么办？她抖动着双腿爬了起来，跌跌冲冲往屋后面竹山上跑，她只有去找田禄丰。

就在于莉花走后，她家屋楼上响起了"唏哩嗦罗"的声音，一个蓬头垢面的人从楼上走了下来，他就是吴树俭。原来，树俭真的没有死，淘金洞塌顶那一刻，他正在离作业点几丈远的一个废洞里解手，刚提起裤子，只听轰的一声巨响，一股巨大的气浪夹着尘灰把他冲出几丈远，撞在洞壁上，昏了过去。醒来以后，洞里漆黑一团，根本辨不出白天黑夜，吴树俭知道，定是作业点出事了。这淘金洞是老洞，几百年前就有人在这里淘金了，大洞小洞，新洞老洞，纵横交错，求生的本能促使他千方百计往外爬，也不知昏死过去多少次，待爬出洞口，已经是三天以后了。这个出口距作业点数百里之遥，已经是另一个县的地界了，幸亏当地一个农民正好路过，把他救回家，服侍调养了半个月，他才基本恢复健康。

好不容易死里逃生，吴树俭当然再也不想干了，便拖着虚弱的身子直接往秀秀娘家赶，这是他出远门前说好了的，他不在家时，秀秀住娘家，他估计秀秀一定以为自己已经死了，听人说老板都往各家发了电报，自己得赶紧见着她。可谁知他在丈母娘家得到的却是秀秀失踪和他嫂子领着人来大闹的消息。吴树俭又惊又急，觉得事情挺蹊跷，为什么哥哥上午来报死讯，嫂子下午就领人来闹事了，莫不是他们事先已经知道秀秀不在娘家？哥哥和嫂子的为人他太清楚了，这事儿十有八九跟嫂子分不开，只有想办法诓出嫂子的真言，事情才能水落石出。于是，他不顾岳母的挽留，连夜赶回家，白天躲在屋后竹山上，晚上便下山设计装鬼。昨晚，他终于在灵堂里诈出了嫂子和田禄丰卖秀秀的事情，可惜还没来得及细问，哥哥回来了。今夜，吴树俭索性藏在屋楼上，正想着怎样继续诈嫂子，忽听厨房里有响动，会不会是秀秀回来了？他赶紧下了楼。

吴树俭一眼看见,哥哥倒在地上,口鼻流血,他大叫一声,扑了上去。

吴树勤缓缓睁开眼睛,一愣,说:"树俭,你来……来接我了?"

吴树俭心里好不伤心,哥哥把自己当成鬼了,他抱起吴树勤,说:"哥,我没死,一个老乡救了我,我回来了。"

吴树勤的目光,几丝疑惑,几丝欣慰,继而又是说不尽的悲哀,弟弟还活着,自己却要死了。他是因为夜半天凉,回来加衣服的,顺便吃点东西。本想叫醒妻子,转念一想,这几天家里闹鬼,她没睡好,让她好好睡一觉吧,于是,自个儿吃了碗凉饭,却不知道饭里拌进了老鼠药。

"树俭,我们对……对不起你,你嫂子他表叔,把……把秀秀……"

"哥,你别说了,我马上送你去医院。"说着,吴树俭背起吴树勤,冲出屋子,叫了村里的手扶拖拉机手,开了车子就把吴树勤往乡卫生院送。

车子前脚刚开走,于莉花后脚就折进了屋,她是回来拿钱的,树俭的抚恤费,加上卖秀秀的钱,有两万出头哩。既然没把树俭毒死,她和田禄丰只有逃命这条路了,离家之前,他们不能不把这笔钱带走。可是,他们的算盘打错了,正当他们仓惶出逃的时候,公安人员犹如神兵天将,出现在他们面前。原来是树俭报的案,树俭把哥哥送进卫生院,就连夜奔进了公安局。于是公安人员迅速布下天罗地网,这对狗男女终于被戴上手铐,押回老家。

目前,吴树勤已经痊愈,向法院递交了坦白、检举材料。此案正在审理之中,即将宣判。

(杨辉周)

(题图:张恩卫)

噩梦·异事
e m e n g   y i s h i

嘘，别回头，否则你将魂飞魄散。

雨夜遇劫

　　林子是一个采购员,这天带了五万元现金到郊县一个乡办小厂购货,谁知厂长不在,他只好带着钱到县城住一宿,准备第二天再说。

　　林子进城的时候天已经黑了,还下着大雨。林子走在寂静的街道上,有点胆战心惊——人生地不熟,万一遇上拦路抢劫的怎么办?林子这样想着,不由地往后一看,这一看不要紧,只见身后果真跟上来一个穿着黑色长雨衣的大个子。林子的头皮像炸了一下,心里暗叫:糟了!他捂了捂怀里装钱的黑提包,加快了脚步,可身后的大个子也加快了脚步,离他越来越近。林子这时再不觉得冷了,反而吓出一身汗,把衬衫都浸透了。

　　到了前面十字路口,林子拐进一条比较宽阔的街道。他一眼看见前面还有个行人,顿时像见到救星一样,连忙迈开大步追了上去。谁知,就在这当口,突然从岔路上飞来一辆小车,不知是来不及躲避,还是根本没有看见前面那人,冲着他一头就撞了上去,随着一声惨叫,那人倒下了。林子看得魂灵出窍,连声音都跑调了,他大叫:"压人了!压人了!"可那小车只停了一下,又马上启动,一溜烟不见了踪影。

林子急忙跑上前,抱住那个人,只见他已经昏迷过去,脸上、头上全是血。林子扯着嗓子大喊:"救命啊!救命啊!"可是大街上没有其他人,林子再喊也是白搭。他的伞被风卷跑了,不一会儿,人就成了个落汤鸡。那个穿雨衣的大个子也停下脚步,远远站着看。

林子知道,再不送医院这个人就会有生命危险。他把那个昏迷的人从雨水中抱起来,回头对着穿雨衣的大个子喊:"朋友,快来帮个手!救人要紧!"那大个子一愣,然后跑过来,把人扶上林子的肩,林子背起就跑。跑了两步,他发现自己手腕上的黑提包一晃一晃,特别碍事,又对那大个子说了句:"这包沉,你帮我拿着。"说着,就把包甩给了他。大个子好像吃了一惊,下意识地接住了包,迟疑了一下,也紧跟着林子跑了起来。

跑出没多远,迎面来了一辆车,林子急忙站在路中间拦下了车。那司机是个好心肠,见了这架势,二话没说就让他们上了车。车子很快开到了医院,等伤员被送进急救室,林子长出了一口气,这才有空认真看了眼大个子,伸出手,笑着说:"兄弟,谢谢你,我叫林子。"那人也略带微笑地说:"我叫黑子。"两双手紧紧握了握。

林子这时才感觉到自己的外衣全湿透了,忙脱下衣服,一边笑着对黑子说:"你猜我开始把你当成什么人呢?"黑子笑了笑,说:"拦路抢劫的坏人。"林子惊讶地问:"你咋知道?"黑子低下头,半天才嗫嚅道:

"其实我跟你那么久,就是想抢你提包里的钱。"林子一愣,问:"那你怎么没……"黑子的头低得更低了:"我刚想下手,就发生了这事。我改变主意了。"林子奇怪地问:"为啥?"

黑子深深地叹了口气,过了很久,才轻轻地说:"我十二岁那年,妈妈下夜班回家,被车撞了。肇事司机不管她的死活,开着车跑了。我妈妈在地上躺了一个多小时,有不少人围在那里看,就是没人救……我妈死后,爸爸的脾气就变得很坏,常常喝酒,一喝醉就打我。后来,我逃了出来,四处流浪……"说到这里,黑子哽咽得讲不下去了,脸上满是泪水。林子拍了拍黑子的肩膀,他的眼圈也不由得发红了。

等了很久很久,急救室的门终于开了,林子和黑子赶忙迎上去:"医生,怎么样?"医生说:"脱离危险了。我们在他身上找到了电话号码,已经通知了他家里人。"黑子一迭声地对医生说:"太好了!谢谢你呀大夫!"

不久,被撞者的家里人来了。林子朝黑子使了个眼色,悄悄离开了医院。外面雨还没停,林子说:"打车吧,我再走不动了,可把我给累坏了!"说着,一连打了几个喷嚏。黑子也不吭声,脱下自己的雨衣,递给了林子。

林子披上雨衣,感激地朝他笑了笑,猛地瞥见黑子腰里别着一把寒光闪闪的匕首,不由"啊"了一声。黑子一愣,随后明白过来,伸手解下匕首,不好意思地笑着说:"这把匕首,我再也用不着了。"说完,随手一扬,那匕首"咚"的一声落进塘里去了。这时,一辆亮着灼眼灯光的"的士"来了,两人一起上了车,消失在雨幕中……

(阿 健)
(题图:杨宏富)

仿 制 品

月黑风高之夜,一个蒙面汉子闯进了一幢别墅,猛地推了一把一个正在睡梦中的老人,吼道:"喂,老家伙,起来起来!"

老人睁眼一看,见蒙面人长得人高马大,手里还握着一把油光黑亮的手枪,知道来者不善,心想:跟他拼吧,自己年老体弱,根本不是他的对手;呼救吧,单门独户一个人,深更半夜的,谁会来救?他左思右想,无计可施,只好结结巴巴地说:"你,你,你是谁呀?"两眼死死盯住蒙面人手里的枪。

蒙面人扬了扬手枪,说:"你看什么?这是枪!可以送你上西天,知道吗?"

老人打了个哆嗦:"我、我知道,求求您把枪收起来吧,我怕。你要什么我给你就是。"蒙面人喝道:"别啰嗦,快起来,把保险柜打开!"

在蒙面人的威逼下,老人只得穿衣下床,打开了保险柜。保险柜里满满的,全是金银珠宝。老人说:"我做了一辈子古董生意,但没攒下多少钱财,只是积存了这么些收藏品。你如喜欢可以拿,只求不要拿光,留下一些,作个纪念。"

蒙面人一见这么多金银珠宝,只觉得眼花缭乱,心花怒放,一把拉开老人,说:"好啦,我自个儿来。"他又找来绳子,把老人绑在了椅子上,然后大把大把地抓起金银珠宝往皮包里装,直到把皮包装得鼓鼓的,才扬长而去。

老人被绑在椅子上动弹不得,直到天蒙蒙亮,来给他做早饭的女佣人发现,割断绳子将他救下,他才挂电话报了案。

很快,一个领头的警官带着几个警察来到了老人家里。他们听老人说了事情的经过,又看了现场,最后,警察问老人:"蒙面人果真拿着武器?""对,他手里捏着一把手枪,又用手枪逼我打开保险柜。""都拿走了些什么?""有金表,有古画,还……反正把保险柜里的古董全拿走了。"

警察们听了,一个个瞪大了眼睛。那个警官说:"哇,那么多东西,这可是价值连城呀!"老人笑笑:"对,如果那些东西都是真货的话,少说也能换回几十亿元的现金。""莫非是假的不成?""没错,全是仿制品,不值钱。"

警察都松了口气,一个个脸上的肌肉都放松了,并且露出了微微的笑容。只有那个警官依然紧紧地绷着脸,看着老人说:"你呀,这事可够危险的啦!你想过没有,假如蒙面人是个行家,发现你用假的东西骗他,说不定会开枪打死你。""我料他不敢。""不敢?那是为什么?"

老人又笑了笑:"警官先生,您有所不知,他那把手枪也是仿制品。""这是你的判断?""不,鉴别一件东西是真是假,是我的职业技能。他那把假枪,怎么逃得过我的眼睛?好了,我的事到此为止,今天所以把你们请来,只是想请你们尽快逮住蒙面人,免得再有人受害,拜托了。"

(讲述:吴文昶)

(题图:箭 中)

法庭判她无罪

伊莎和杰克结婚半年多,一直过着幸福平静的生活。这天一早,伊莎醒过来,看到杰克睡得正香,就打算先到厨房准备早点。在她快要走出房间的时候,突然发现阳台上的兰花碎落了一地。伊莎走过去想看个明白,这兰花开得正浓,昨晚还好好的,怎么说谢就谢了呢?

"亲爱的,你夜里跑到阳台上把兰花给撕碎了,到底为什么?"杰克在床上伸着懒腰,漫不经心地问。伊莎惊愕地问:"杰克,你说是我撕的?"

杰克很认真地说:"是啊,亲爱的,你还喊醒我,兴奋难耐地在我耳边说,等到今天早上就告诉我撕兰花时的一个伟大发现,现在可以说了吧。"

伊莎困惑地向厨房走去,她什么都不记得了,这一夜她睡得很熟,连个梦都没做。过了一会儿,伊莎从厨房出来,把一块甜心炸糕塞进杰克的嘴里,说:"亲爱的,让我们想想甜蜜的往事吧。"

"哇噻,亲爱的,怎么这么咸呢?"杰克边抱怨,边使劲往下咽。

伊莎愣住了,这不可能!刚才炸糕的时候她已经尝过一块了,味道很甜。难道自己的味觉也有问题?伊莎在困惑不安中度过了一整天。杰克不断地安慰她,说她是因为最近比较辛苦的缘故,休息一下就好了,伊莎也希望是这样。

第二天清晨,伊莎一睁眼,就看到卧室里地板上躺着几条死金鱼,桌上的鱼缸里空空如也。杰克站在边上正准备打扫,看到伊莎醒来,连忙说:"不要自责了,亲爱的,你也不是故意的。"伊莎真的不记得夜里做过什么,但她觉得这几天自己睡得特别沉,醒来后,还有点头痛。

又是一个阳光柔和的早晨,伊莎一睁眼,"哇"的一声叫了出来,她发现手里正握着一把水果刀,架在杰克的脖子上,杰克的脸上充满恐惧的神色,他颤抖地说:"伊莎,亲爱的,镇定一点,我知道你不想这样。"伊莎慌忙将刀扔在地上,出了一身的冷汗。伊莎害怕地哭了起来:"我怎么会这样?杰克,我怎么会这样?原谅我,我实在不明白怎么会这样!""伊莎,亲爱的,我们要先去看一下医生了。"杰克轻拍着她的肩,希望她能安静下来。

到了他们家庭医生的诊所,医生为伊莎做了详细的检查。诊断结束以后,医生看了看伊莎,又看了看杰克,无奈地说:"杰克先生,您太太的嗅觉、味觉、视觉和听觉都出现了一定的障碍,记忆也有问题,再发展下去,可能要住进精神病院治疗⋯⋯"没等医生把话说完,伊莎尖叫了起来,不顾一切地往外跑,杰克一把抱住了她,说:"没事的,亲爱的,我们回家,一切都会好的。"临走,杰克没有忘记把那张诊断书放进口袋里。

把伊莎送回家,杰克又去了律师事务所,回来的时候,他已经有些掩饰不住兴奋了,但也正是由于过度的兴奋,他竟然忘了贴邮票就把一封信塞进了邮箱。两天后,伊莎在家中的信箱里取出了那封信,信封上的收信人一栏写着"露西",伊莎好奇地拆开了这封没贴邮票的信,信上写道:

露西,我们的计划就要成功了,那个可怜可笑的女人被我策划疯了,天知道,我是这样一个天才。伊莎已被诊断为精神有疾患了,连她自己也开始相信自己真的疯了。我是她的监护人,等手续办好,她父亲留下的两千万美金就由我,不,由我们支配了。亲爱的,就快回到你身边了。

吻你　杰　克

伊莎浑身冰冷,眼前天旋地转。冷静下来以后,她在杰克的抽屉里找到了半瓶安眠药,她想起每天晚上睡之前喝的水,都是杰克为自己倒的。伊莎把这一切都想清楚以后,就一声不吭地坐在沙发上等杰克回来。二十分钟以后,杰克回家了,刚一进门,一把锋利的水果刀很准确地捅进了他的心脏。杰克惨叫一声:"天哪,伊莎,你真的疯了……"

十天后,法庭因伊莎有精神疾患的证明,判定她不承担责任。

(改编:叶淦荣)
(题图:箭　中)

危险的整容

世界著名的整容博士拉尔森退休后一刻也没有闲着,他回到自己出生的小镇,开设了一家私人整容院。虽然小镇很偏僻,但由于他的名望太大,所以生意仍然十分火爆。半年前,他还结识了一位年轻美丽的女子,名叫玛丽,两人一见钟情,坠入爱河,三个月后结了婚。

一个阴雨绵绵的午后,拉尔森正坐在沙发上欣赏舒曼的乐曲,突然,响起一阵急促的敲门声。拉尔森刚拉开门,就撞进来一个彪形大汉,这汉子足足有一米九高,他的目光越过拉尔森,紧张地朝里面张望,而他的右手则一直插在裤兜里。

大汉没有说话,迈进整容院后就在各个房间里转悠,拉尔森紧紧跟在他的身后，一个劲地问："先生，你有什么事儿？"

那大汉也不回答，待看遍了所有房间后，才冷冷地问："这里就你一个人？"

拉尔森点了点头："我的助手休假去了。"

大汉的神色这才缓和了一些，说："认识一下，我叫杰比。做一个面部整容，就是把我这张脸全变个模样要多少钱？"

"一万美元。"

"要多长时间？"

"两天。"

杰比哼了一声，从兜里"刷"地掏出一叠钱，"啪"地拍在拉尔森的桌子上，说："这是两万美元。请你贴出告示，停业两天，为我一个人整容。"

"为什么？"

杰比射出阴冷的目光，狠狠地说："跟我说话，不要问为什么。"拉尔森耸耸肩："好吧，那你要整成什么样？"

杰比拿出一张照片递给拉尔森，这是个长相平平的男人，如果混入人群，立刻就会被淹没。杰比对拉尔森说："你就照这人的样子给我做，明白吗？"

拉尔森只好开始为杰比做这个整容手术。他给妻子玛丽打了个电话，说这两天有手术，晚上不回去了。拉尔森就是拉尔森，尽管心里有疑惑，但只要进入工作状态，就会全身心地扑在手术台上，几十年来，他把自己手下的每一个患者都当成一件珍贵无比的象牙，他呢，则是个高超的雕刻大师，把每张脸雕刻成精彩无比的工艺品。

两天后，大功告成。杰比对着镜子左照右照，十分满意。突然，他问拉尔森："我是不是没有必要再麻烦你了？"

拉尔森本想问他这句话是什么意思,可看了看杰比眼中的凶光,话到嘴边又咽了回去,淡淡地说:"不,三个月后,我还要为你进行一次巩固,否则,你的体内会产生抗体,将前功尽弃。"

"老东西,真的吗?"

"信不信由你。"

杰比大笑了一声,拍拍拉尔森的肩头,说:"希望你知道一句中国的成语,叫作'守口如瓶',明白吗?"

杰比走了以后,拉尔森才感到自己的衣服都湿透了。为了放松一下心情,他打开了电视。

猛地,拉尔森被电视里的一条新闻吸引住了,只见女主播神情严肃地说:三天前,首都最大的珠宝店遭到一名男子的抢劫,被劫走的珠宝总价值约七千万美元,现已查明,那个男子名叫布莱特,有犯罪前科,如果有人能协助警察局抓到布莱特,警察局将给予二十万元赏金。接着,屏幕上出现了布莱特的照片。

"天哪,是他!"拉尔森叫起来,原来,布莱特就是这两天做整容的"杰比"。

拉尔森决定报警,他刚拿起电话,门铃响了。拉尔森打开门,不由喜出望外,太巧了,进来的这个人正是小镇上的警长库兹。警长瞟了一眼屋里的电视,脸上露出焦虑的表情,说道:"拉尔森博士,你也看了电视吗?"他见拉尔森点头,又接着说,"这可是个大案子呀,现在全国的警察局都在通缉这家伙,我们就怕他改头换面,那可麻烦了,你的整容院很有名,说不定他会到你这里来,要是你发现了他,请及时和我联系。"

拉尔森叹了口气,说:"警长先生,你来晚了一步,他已经走啦!"说完,他把事情的经过详细说了一遍。

警长听完拉尔森的叙述,问道:"这么说,你对布莱特所说的三个月巩固疗法,只是缓兵之计?"

"是的,我当时很害怕,怕他杀死我灭口。"

警长又问:"照你的说法,如果你不在人世,那布莱特就会永远逃脱法律的制裁了?"

"不不,亲爱的警长。我虽然给他进行了整容,但是他的指纹、视网膜和外耳廓并没有动,这些人类最基本的生理特征是终生不变的,而且每个人都不相同。凭这些,他布莱特就是跑到天涯海角,你们也能找到他的。我已经将他的这些生理特征记录下来了。"

"真得谢谢你,对了,你没对别人讲过这些吧?"

拉尔森愣了一下,说:"噢,我刚才已经把这个家伙的生理特征发给我的老朋友舒尔法医了。"

警长轻轻地吐出一口气,说:"拉尔森博士,你说的这三项特征真的不能改变吗?"

拉尔森笑了:"也不是真的不能改变,但这是项超级尖端技术。在今天的世界上恐怕只有几个整容专家可以做到这一点,而我拉尔森就是其中的一位。"

"了不起,你真了不起!告辞了,有事及时和我联系。"

"谢谢你,警长先生!"

送走了警长以后,拉尔森的心里总感到惴惴不安。他的第六感觉告诉他,事情不会这么平平安安地过去。

果然,在第五天傍晚,一个幽灵悄悄闪进了拉尔森的整容院。拉尔森头也没抬地说:"老朋友,你终于来了。"

来人正是布莱特，他"嘿嘿"地干笑了几声，说："是的，我们的合作还没有结束嘛。"

"可是，我要你三个月后再来的呀。"

"老东西，我看了科技报刊，上面的文章说，一个人光整面部的容是不行的，要让这个人从世上彻底'蒸发'，就得对他的视网膜、外耳廓、指纹进行手术修补，对吗？"

拉尔森抬起眼睛，看了看布莱特，说："哦，你还真是善于学习新东西呀。"

"没办法，那就请你再为我进行这三个方面的整容吧，放心，我不会亏待你的。"

"我要是不愿做呢？"

布莱特掏出一把手枪，说："那就只好咱们两个同归于尽了。可我听说，你刚刚娶了个年轻美貌的太太，你舍得吗？"拉尔森考虑了半天，才长长地吁出一口气，抄起电话，说："让我和太太说一声。"

布莱特一把摁下了电话，说："不用了，你不就是想报警吗，警察一会就会来的。"布莱特说的真没错，他的话音刚落，库兹警长就迈进了拉尔森的屋子。

警长朝拉尔森笑了一下，说："拉尔森先生，我来介绍一下，布莱特是我的老朋友。我希望你能识时务，为我的朋友再做一次整容，否则，你不会活着走出这间屋子的。"

拉尔森摇摇头，说："警长，我早猜到了，你们是一伙的。那天你来得那么巧，我就怀疑了，所以故意透露给你一点消息，果然，你告诉了布莱特。"

警长哈哈大笑，说："你知道就好，废话少说，开始吧！"

两个黑洞洞的枪口齐齐地指着拉尔森,他只好听命。

拉尔森让布莱特躺到手术台上,为他注入了麻醉药,然后对警长招招手。警长随拉尔森走出手术室,问:"要耍什么花招吗?"

"不,"拉尔森说,"警长,我也想起了一句话:在金山面前,上帝也会疯狂的。我想咱们两人联起手,平分那七千万美元的珠宝,如何?这样,你能拿到的一定比布莱特给你的多。"

库兹死死地盯着拉尔森看了半天,才说:"珠宝在布莱特的手里,我们怎么能拿得到?"

"我有办法。我会让他老老实实说出来的。"

"你有什么高招?"

"催眠术。不过,你得配合我一下。"

"好吧。"

拉尔森拿出一支药水,注入到针管里,然后对库兹说:"这是进口的特效催眠药,请你帮我按住布莱特,因为这药注射时很痛,他会反抗的。"

二人回到手术室。布莱特似乎感觉到了什么,他大声地喊:"你们要干什么?"

库兹阴险地笑笑,说:"对不起了,在金钱和朋友面前,我只能选择前者了。"

布莱特要起来,可麻醉药力已经发作,他显得力不从心,而库兹则死死地摁住了他。这时,就见拉尔森以极其迅速的动作,"扑"地一下,将药水注入到库兹的胳膊上!

库兹惊叫道:"你——"

"对不起,警长,你违背职业道德,和劫匪勾结一气,我不得不这样做……"

库兹软软地瘫了下去,嘴里还骂着:"老狐狸……"

就在这时,拉尔森听到身后传来"砰"的一声,与此同时,他感到自己的腰部一阵麻木,随即力不能支,一下子倒在了地上。他回头一看,站着的是自己的新婚妻子玛丽,她的手里举着一把手枪。

"玛丽,你——"玛丽冷笑着说:"亲爱的,布莱特是我十年的情人了,这一切都是我们计划好的,为了他抢劫以后能够成功地整容,我嫁给了你,这样就能知道你的助手什么时候去休假,便于我们行动,而警长先生负责监视你的行踪,不让你报警。"

躺在地上的警长对玛丽叫道:"亲爱的玛丽,你来得太好了,快救救我。"

玛丽又是一阵大笑,然后对警长说:"可是警长先生,你太让我们失望了,为了钱你什么都干得出来,我不忍心送你下地狱,一定送你上天堂的!"说着,对着警长就是一枪。

拉尔森傻了,他做梦也没有想到,与自己同床共枕三个月的妻子竟是抢劫犯的情人。

这时,玛丽对拉尔森举起了枪,说:"亲爱的,你对布莱特和警长都留了一手,却对我说了实话,那个什么舒尔法医,是根本不存在的。我要谢谢你这么信任我!我会让你死得毫无痛苦。"

拉尔森望着黑洞洞的枪口,喃喃地说出他在人世的最后一句话:"你这条毒蛇!"

(范大宇)

(题图:佐 夫)

獾子洞决斗

　　王保中今年刚满十七岁，人长得精瘦、矮小。他父亲多病，所以家里很困难。两天前，王保中上山捡柴，意外地发现一个獾子洞，他赶紧报告颇有狩猎经验的杨中叔，杨中叔又约了两个青年，四个人一起进了山。

　　这獾子洞是个石洞，三面是岩石，底部为冻硬的淤泥。獾子为了自身的安全，它们选择冬眠的洞穴，首先考虑大动物尤其是人能否进入。这些小动物把洞深处的淤泥运到洞外，一点点踩实，最后只留下半尺多高，二尺多宽的小洞。因此，眼下人要进洞去是很困难的。

　　王保中在这次行动中出力最多。他趴在冰凉的地上用小锄把淤泥一点一点刨下，装满书包，再传给后面的同伙，运出洞外。两天下来，累得他骨架子都散了。可杨中叔却好没良心,他坐在洞口外的火堆旁,听汇报,作指挥。快接近獾子那一段路,是个一人多长的窄洞。只有身材瘦小的王保中一人才能进去,当他惊喜地发现四只獾子偎依在獾床上时,杨中叔却说出令人心冷的话:"每人一只,谁也不吃亏。"那意思就是王保中虽然多出了力,但不会多得!

王保中一肚子气,但又无可奈何,他冒着被獾子咬伤的危险。用獾钩将獾子捕住。从狭洞口处一只只传出去。抓住四只獾子后,王保中惊喜地发现:洞里还有一只!他想了想,便不声不响地退出洞来。

王保中跟着杨中叔他们回了家。他只打了个盹,便又趁着天黑走出家门。摸黑走了一个多小时,来到奋战过两昼夜的獾子洞。他穿过六十多米长的狭窄地段,便见到了獾子的"寝宫",王保中揿亮手电,但那光线极暗,只见一点点红丝。他又从怀中掏出火柴、蜡烛,点燃后,四处寻找,找来找去,就是不见那只獾子的影子。王保中的心冷了,一屁股坐在地下,举着蜡烛发呆。

也不知过了多久,王保中才清醒过来,他正打算爬出洞去,突然从洞外传来"呼哧呼哧"的响声。不好,有野兽进来了!王保中吓得手一抖,蜡烛掉地下了,四下里顿时一片漆黑。王保中握紧獾钩,身子朝外探了一下,听见有人说话的声音。这下,他的心提到了嗓门口,不好!难道是杨中叔他们识破了自己的小聪明,前来兴师问罪?

王保中正在绞尽脑汁地想着对策,狭窄地段的外端,响起了脚步声。那儿是一个挺宽敞的地方,可容四个人打扑克,獾子们冬天将粪便屙在那里,所以味道挺难闻。这时,只见黑暗中有微弱的手电光冲这边一闪,随即传来两个陌生人的对话:"到头了,往里进不去。""别大意,让我再看看。"

不是杨中叔他们！王保中松了口气，可很快脊梁上升起一股寒气：什么人深更半夜顶风冒雪来凑这热闹？难道是特务？王保中平时最爱读惊险小说，知道这些人心狠手辣，要是发现洞里有人，那非灭口不可。这可怎么办？

黑暗中有人伏下身子，拼命往这边挤，手已伸进王保中藏身的开阔地带。王保中吓得紧贴洞壁，大气不敢出。猛地，洞内火光一闪，"叭""叭"两声枪响，一枪打在狭洞正对面的洞壁上，一枪紧贴着王保中的左臂飞过去。

洞内鸣枪，响声大极了，震得王保中两耳嗡嗡响。一泡热尿也撒在棉裤内。他实在是吓坏了。洞口外的人吼了几句，终于退了回去。

洞口外，又传来哗啦啦抖塑料布的声音，还有从兜里掏酒瓶子，摆食品的声音，又听先前那声音说："不对，里面有人吧？我咋闻出一股蜡油子味儿？"

又听一个声音说："我不是告诉你了嘛，几个小子挖獾洞，折腾了两天两宿，能没蜡味儿？你要没那胆子，那就别作案哪。"

噢！这次王保中听出来了，后面说话的那人是他们生产组组长于兴武。听他口气是作了什么案，可跑这洞里来干什么？王保中此时是又紧张又激动，他决心要把事情弄个明白！外面两个人不停地喝酒，啃鸡肉，嚼骨头。那于兴武还不时给同伙打气："瞧你一惊一乍的，山里人前半夜没有上山的，更何况外面下着大雪，早把脚印给埋了。公安局绝对找不到咱。"于兴武顿了顿又说："嗬，瞧不出你这小子还真有两下子，那地方怎么给你进去的？"

另一个就显得有些得意。喝了口酒绘声绘色地说起来："那地方我已经盯了好几天，他们一楼有值班的，我就从二楼阳台进去，到三楼，我拿着一捆破报纸,往地上铺,怕留下脚印儿,捅开门撬开保险柜,一看:差点没把我吓死!你猜猜多少,嗬,整整一百万呐。我撕下墙上的两面锦旗将钱包了,又从原路返回。出了大楼,我才想起铺在地下的报纸没捡净,这等于给警察留下了线索,再想回去,天都快亮了,无奈之中,我才想起山里的大哥你……大哥够朋友,帮小弟外逃,只是这山洞怕呆不长啊。"

于兴武嘿嘿一笑:"别急,大哥我自有妙算,天亮后,咱们从这里出发,翻过几道岗,就有个车站,咱们坐车去大西北,当盲流去。守着这100万,还能饿死人?"

两人一边吃喝,一边研究逃跑的具体办法和路线。把个堵在洞内的王保中弄得苦不堪言。又冷又饿,更要命的是刚才响的那两枪硝烟扩散开来,那味儿又浓又烈,直往他鼻腔里钻,使他的喉咙口痒痒的,直想打喷嚏。王保中用棉衣袖使劲堵住嘴,谁知一堵反而出了事。嘴巴一张,"啊欠",忍不住打了个喷嚏。

"有人!"那个案犯"哗啦"扔掉酒杯,顺手又操起了枪。于兴武也跟着站起来。但他还有些怀疑。问:"你听清楚啦,真有人?""这么大的声音还听不清,肯定是人的咳嗽声!"

两个人稀里哗啦忙活了半天,大约把外面到洞口那一段都搜查了一遍,但什么也没发现。于兴武唠唠叨叨地发起了牢骚:"妈的,你真是吓破了胆,那声音或许是刺猬的咳嗽声。"可那案犯仍然不肯轻易相信。他来到洞口处,侧着耳朵听了听,最后脱去棉袄,下决心似地说:"不行,我得进去看看!"

王保中脑袋"嗡"地一下胀大了。他赶紧把獾钩抓在手里,那獾钩三股叉如铁锚般排列,打出去也会置人死地的,王保中心中在想,要死也得抓个垫背的。

"吭哧,吭哧,"那案犯挤进狭窄处,一只手伸入洞内,脑袋也进来了,但是,上面有一块坚硬的岩石卡住了洞口,那案犯脑袋过来了,肩膀怎么也挤不进来,只得用手在洞内乱摸一气。差一点就碰到了王保中的棉裤。

终于,那只手抽了回去,王保中冷汗已湿透了内衣,他刚刚喑出一口冷气,不想,那手又伸了进来,紧接着又露出了那颗脑袋。"叭!"打火机点着了,王保中眼前出现一团火亮,他清楚地看到一张长满胡须的大圆脸和一双恶狠狠的眼睛!

此时,王保中只要将獾钩一探,就可以牢牢地勾住对方的下巴颏,可是,他没敢轻举妄动,毕竟后面还有一个拿枪的!

"妈的,里面到底有没有人?"于兴武等得不耐烦了,他大声问道。那案犯在亮光下显然看不到洞里的情形。打火机晃了半天,又烫了他的手,一下子掉在地上,熄灭了,那案犯这才将身子退出去,快快地说:"没人,我都看了。"

这时,只听传来一声枪响,紧接着又是"哈哈……"一阵狂笑,接下去只听于兴武自言自语地说:"贤弟,对不住了。其实你也跑不了,抓住也是死刑,还不如这样痛快。钱么,我就笑纳了,省得分不公平。"

王保中见又出了人命案,紧张得大气都不敢出,趴在那里。听着外面的动静。

也不知过了多久,王保中终于听到了狭洞口外传来响声,于兴武收拾起他的物品,拿起钱袋。然后,向洞外爬去,声音越传越远,最后消失了。

王保中迅速地钻出狭洞口,划亮一根火柴,他看到脑袋崩裂,歪倒在獾粪上的那个案犯,也看到了一大堆他们吃剩的食品:有半只鸡,几个鸡蛋,还有一块熟肉,一瓶未启封的酒。他把这些东西用塑料布包好,准备带回家去,但不一会,他又改变了主意,得留在这里,说不定对破案有用。

王保中爬出洞口时,鹅毛大雪仍是下个不停,把于兴武的脚印掩盖了。王保中东张西望地寻找着线索,不想身后山坡上落下一摊雪,正巧掉进他的脖梗。他下意识地回头,"啊呀!"不由惊得目瞪口呆。原来,于兴武从背后绕过来了!

两个人在獾洞前互相对视着,于兴武不自然地笑笑,打起了哈哈:"爷们儿,这事让你看见了,没说的,山里人打猎,管他放不放枪,见面要分一半的,我也分你一半。"

王保中知道要论动武,自己不是于兴武的对手,眼下最重要的是赶紧脱身!王保中装出一副讨好的面孔,叫了声:"于叔,钱我不要,您走您的,我保证什么也不说。"

于兴武老奸巨猾,哪里肯信,他一抬枪。说出的话软中带硬:"保中,你陪叔翻过这道岗,叔分给你一半钱,然后咱俩各走各的。"

王保中知道,跟于兴武走,无疑是死路一条;可要是不听他的话,那也没好果子吃,怎么办?王保中大脑在飞快地旋转着,他很快就有了主意,点点头说:"中。于叔,我陪你走,但你说话要算数啊!"

于兴武说:"不算数,我是小狗!"说着转身去取东西。

说时迟,那时快,就趁于兴武一分神,王保中"嗖"一下钻进了獾洞。王保中身材瘦小,不大一会儿,便钻到于兴武杀人的那个地方。侧耳听听,于兴武才开始朝里爬进来。王保中无意中碰到那一包食物,忙把它推进狭洞内,又把两罪犯用过的电筒及酒瓶等全扔了进去,最后自己也钻进了保险地带。

于兴武尽管膀大腰粗、见多识广,手里还有枪,可在这狭窄的獾洞里却是处于劣势,他是有劲使不出来,只能干瞪眼。

于兴武靠在狭洞外温言软语地哄劝道:"爷们儿,你出来,听于叔说几句体己话儿。于叔光棍一条,背这么多钱有什么用?跟我走吧,我领你去北京,去上海,吃香的,喝辣的。你干脆认我当爹算啦,咱爷俩把钱往银行一存,我死后,还不全归了你?你家那个穷样儿,八辈子也无力给你娶上媳妇,我给你娶个天仙!长这么大,还没见过女人吧?咱们有钱,到大地方,只要你看好谁,就可以玩个够。于叔若说半句谎,是驴养的!"

王保中才不信于兴武那些谎话呢!他借这机会,一连吞下了3只鸡蛋,一块熟肉,这才打着饱嗝,对于兴武说:"你要是真有诚意,先到洞外等着,我收拾收拾就出去。"

于兴武见有希望,连声说好,又"呼哧呼哧"地爬了出去。他在外面雪地里足足等了一个多小时。才知自己被人愚弄了。待他气冲冲第二次爬回原地时,一股恶臭熏得他差点呕吐起来,黑暗中还抓了一手大便。原来,刚才王保中趁机拉了一泡大便。

于兴武再也忍不住了,大声咆哮起来:"小鳖羔子,老子治不了你就是你养的!"说完,举枪朝洞里一阵乱射。

两个人就这样互相对峙着,谁也奈何不了谁,于兴武尽管有数不清的百元大钞,但在这里一点用处也没有;而王保中有手电筒、打火机、蜡烛和许多食品,从生存的条件看,显然比于兴武优越。

外面的雪越下越大,把于兴武困在洞里了,他起初不时地对王保中恫吓威逼,后来又几乎是哀求、讨饶,但王保中一概不理,他们就这样相持着。

　　也不知过了多少天,王保中吃光了所有的食物,饿得实在抗不住了,他开始小心翼翼地试探着往外爬,在狭窄地段的外端,他看见于兴武已饿得气息奄奄,像条狗一样伏在地上昏睡过去了……

(顾文显)
(题图:胡国强)

心窗

正值数九寒冬,外面正下着大雪,我走下末班车时,已经是晚上九点多。这段时间,我们这个城市里到处流传着一个关于夜间杀手的故事,这人专门在夜间袭击单身女人,劫色劫财最后将女的一刀毙命。

我住的小区为了加强管理,把边门全部上锁,我只能绕上一大圈去走正门,再走上十几分钟,然后进入小区深处,实际上这大大提高了我的危险指数。

小区里静悄悄的,许多人家的窗帘都有遮光布,路灯也大都损坏了,平日看着很美的假山亭子都变得阴森森的,我就像掉进了一个深不可测的黑暗陷阱。

我下意识地抬头看了一眼对面六楼中间的窗口,黑洞洞的,可是我却能猜到,我的前夫杨晓一定是在喝闷酒。我们是两个月前离婚的,因为一时找不到合适的房子,我就住在原来做客厅的南屋,他还算有点男子汉风度,选择了窗子上满是霜花的北屋。

走过假山亭子,突然,我听到了身后的脚步声,我的心猛地一阵抽搐,我希望这声音是自己神经过于敏感而形成的错觉,可是那声音明明在,而且在渐渐逼向我。我加快了脚步,第一次痛恨自己喜欢穿高跟鞋,但我还有一根救命稻草,那就是希望追过来的人是杨晓,这也不是完全不可能的事,很多次我下夜班回家都遇到他夹着酒瓶子往家走。

脚步声终于靠近了我,紧接着,一个陌生男人阴冷的声音响了起来:"别动!"

与此同时,我的整个身体被男人粗野的手钳制住了,我的血好像全涌到了头上,刚想尖叫,又马上噤声,脖子上的冰冷提示我:生命握在别人的手里!

那人拖着我向假山后面走,我蹬着双脚想阻止他,可是力气太小,怎么挣扎也无济于事,报上看到的可怕一幕在我的眼前晃动,我感到从未有过的绝望。

就在这个时候,又一个男人的声音在我耳边惊天动地地响了起来:"好你个韩苏,我现在才明白你为啥要离婚,你个贱货!"

说话的是杨晓,是他!拉我的那个男人听到杨晓的声音就停了下来,我乘机向那边看去,见来人果真是杨晓,看样子他已经大醉了,手里挥着酒瓶子正冲我们大喊大叫。

嗨,这个笨男人,他竟然误会我和别的男人在幽会!但尽管这样,我还是应该抓住这个最后逃生的机会。狡猾的劫匪显然也想到了这一点,他压低声音对我说:"让他快走!"我感觉到脖子上的刀加了力气,一股暖暖的液体流向我的颈窝——那是血!

我突然明白过来:这时候如果让杨晓留下可能会送了他的命,还是让他走吧,于是我就冲着他说:"杨晓,不是你想的那样,你走吧!"

杨晓不听我的辩解,又往前跨了一大步,开始叫骂,他粗犷的声音在夜里传出很远,劫匪已经对他不耐烦了,便再次威逼我:"快点让他滚!"

我含着眼泪说着:"杨晓,你回家去,我会给你解释清楚的。"这时我想到的不再是自己要面临什么样的境地,而是想到要保护这个男人,毕竟我深爱过他。

刹那间,我突然觉得身体失去了平衡,倒在地上,当我爬起来时,杨晓已经和劫匪厮打到一起。后来小区的许多居民回忆起那个夜晚,都说,一个女人绝望的号哭把他们震撼了。

杨晓被刺了十几刀,好在都没有伤在要害部位,我在医院护理他一个月。来探望他的人川流不息,我们尽量掩饰着,装作还没有离婚的样子,像夫妻一样地迎来送往。

一个月后是我接杨晓出院的,这时已经快到春节了,稀稀落落的鞭炮声时时响起,一路上,杨晓却始终一言不发。

走进家门,杨晓首先看到的是收拾得干干净净的客厅,我平时支在那里的临时小床已经不见了,杨晓的脸抽搐一下,因为我早就说过,找到房子就会离开,他估计我已经找到了房子,于是神色黯然地走向北屋。

杨晓推开房门,立刻呆住了——玻璃窗上贴着鲜红双喜,他吃惊地回过头来看着我,我若无其事地笑了笑,说:"以后我下夜班快到家的时候打电话给你,不用你天天守在窗前等着接我了。"

以前,杨晓天天守在窗前等我,即使是办了离婚手续后也是这样,这个秘密是我在那个刻骨铭心的夜里发现的：那天夜里，我将杨晓送往医院后又返回了家，因为要取一些急用的东西。我走进了那间阴寒逼人的北屋，无意中发现了一个奇怪的景象——布满厚厚霜花的窗子上，有一块巴掌大的地方却只有薄薄的霜，几乎是明净的，像开了一个小窗子。我凑了上去，呵气融化霜花，用手一抹，眼前豁然开朗，视线正落在路对面的公交站。我的眼睛突然湿润了，我明白了：无数个夜晚，杨晓关了灯，静静地守在这里，看着我下车，然后就拎起早就准备好的酒瓶子跑下楼，装出买酒的样子，一路走来，与我"巧遇"……

我们太年轻了，两颗心都那么骄傲，用自尊心做借口把自己层层包裹起来，让对方都看不到真情，只有开启了这样一扇小小的心窗后才知道，原来我们爱得这样的深……

(韩　苏)
(题图：安玉民)

惊心动魄的搏斗

安德烈在巴西从事科研工作。有一次,他接到报告,说亚马逊河流域的热带原始丛林里,发现了美洲巨蟒,于是他们组织了一个科学考察队,前往亚马逊河地区。

考察队一共五个人,大家带上生活必需品、药品和武器,驾驶着一辆汽车出发了。走了几天以后,进入了亚马逊河地区。这时候路越来越难走,热带丛林也越来越密。最后完全没有路了,大家只得抛下汽车,由一个印第安向导引路,乘着独木舟,沿着亚马逊河的支流,向热带丛林深处进发。

三天以后,终于到达了目的地。这里人迹罕至,到处长着参天的古树,一层叠着一层。茂密的树木遮住了阳光,即使在白天,也显得阴森森的。丛林的地面上铺满了枯树叶,足有一米厚,脚一踏上去便会陷下去。

四周都是野兽的嗥叫声,他们丝毫不敢大意,警惕地度过了一个恐怖的夜晚。第二天一早,大家就开始分头去寻找巨蟒。他们每人负责一个区域,大家约定:一旦发现巨蟒,就朝天开枪,通知其余的人赶来。

安德烈当时守候的地方有一条小河,河边是一片草地,他就躲在离河边不远的一棵树上,从树上可以看到树周围和小河对岸的动静。安德烈把枪放在腿上,拿起望远镜向四周搜索,没有发现巨蟒的踪迹,只看见不远处河岸上有一堆枯树叶。过了一会儿,当他再次拿起望远镜向四周了望的时候,忽然发现河岸上那堆枯树叶不见了,咦,是谁搬走了那堆树叶?安德烈心中感到有点儿纳闷。

就这样守候了一个上午。快到中午的时候,忽然听见河对岸有窸窸窣窣的声音,安德烈慌忙端起了枪。

天哪,只见河对岸走过来一只美洲狮。毫无疑问,美洲狮已经发现了安德烈,它的两只眼睛睁得大大的,全身的毛都竖了起来,一副要扑过来的样子。

正在这十分危急的时候,只见美洲狮向河这边纵身一跳,大概重心没有把握好,美洲狮的后腿掉进了河中。它的前腿抓住了岸边的一根小树枝,但小树枝马上"咔嚓"一声断了。这时美洲狮突然惊恐地吼叫起来,仿佛有一股力量把它往水下拖。美洲狮在水里一沉一浮的,它的前腿拼命地扑打着,好像在同看不见的敌人搏斗。不一会儿,美洲狮就沉入水底不见了,河面上只留下一些漂浮的杂草和树叶。

安德烈长长地舒了一口气,慢慢地从树上爬下来。看看四周,又看看河面,什么也没有发现。第一天就这样过去了。

第二天，安德烈又来到昨天的地方。当他拿起望远镜向四周瞭望的时候，忽然发现不远的河岸上又有了一堆枯树叶。用望远镜再仔细一看：不由激动得差点儿从树上摔下来。这哪里是一堆枯树叶，原来这就是他们要寻找的巨蟒！此刻，巨蟒正蜷成一团睡觉哩。安德烈稳了稳神正要朝天开枪招呼伙伴，突然，从河里一下子冒出一条大鳄鱼。

只见大鳄鱼急急忙忙地朝巨蟒爬去，爬到巨蟒身边，围着巨蟒转了几圈，然后靠近巨蟒，拼命地用身体去挤它，看样子是想把巨蟒挤开。可是，巨蟒好像睡得正熟，对鳄鱼毫不理会。这时，鳄鱼忍不住了，爬到巨蟒身上，张开血盆大口，去咬巨蟒的身子，巨蟒一下子醒了。

这时，被激怒的巨蟒昂起了头，散开它那蜷着的身躯，开始缠绕鳄鱼，不一会儿就把鳄鱼缠住了。然后，巨蟒紧紧地收缩，鳄鱼被缠得动也不能动。

巨蟒的绞杀力是很惊人的，眼看鳄鱼就要被缠死，这时候突然出现了转折。安德烈看见巨蟒的肚子上凸起了一块，好像里面有什么东西，这一截因此不能紧紧地将鳄鱼缠住，露出了一个空隙。鳄鱼一下子从这个空隙里钻了出来。鳄鱼爬出来后，一口咬住了巨蟒的脖子，巨蟒拼命地挣扎，把一大片草地都扫平了。最后，"噗嗤"一声，鳄鱼咬下了巨蟒的头，巨蟒的身躯摆动了一会儿就不动了。

胜利了的鳄鱼放下巨蟒的头，去拖巨蟒的身躯，想把它拖到河里去作自己的美餐。可是巨蟒太大了，鳄鱼怎么也拖不动。最后，鳄鱼只好放下巨蟒的身躯，嘴里衔着巨蟒的头，爬到河里去了。

这时候，目瞪口呆的安德烈才缓过神来，赶紧朝天开了一枪。一会儿，同伴们都赶到了。大家望着草地上血淋淋的无头巨蟒，听安德烈讲述刚才的搏斗场面，人人为此惊叹。这时，那位印第安向导趴在地上，听了一会儿,立刻挥手示意,让大家赶快隐蔽。

大家急忙爬到附近的树上。一会儿,大鳄鱼又从河里爬上来,在刚才巨蟒睡觉的地方转了一会儿,不一会,又从地底下钻出几只小鳄鱼来,然后在大鳄鱼的带领下,它们欢欢喜喜地爬到河里去了。

事后,安德烈他们才知道,头一天岸上那堆枯树叶,正是蜷成一团睡觉的巨蟒。当美洲狮跳过河的时候,正巧踩住了巨蟒,于是巨蟒把美洲狮拖下河去,吞食了它。第二天,吞食了美洲狮的巨蟒又正巧盘踞在鳄鱼产的卵上面睡觉。鳄鱼为了自己的子女,奋起反击。由于巨蟒吞食的美洲狮没有消化,所以它的肚子上凸起了一块,结果身躯留下一个空隙,使鳄鱼反败为胜。

(改编:秦永霖)
(题图:张思卫)

平原来了九只狼

狼落平原

在黄淮平原,有一个古老的小镇,名叫黄花镇,四周都是平坦的庄稼地。这年秋天,一群来自西北的狼,突然闯进了这个宁静的小镇。

这群狼一共九只,为首的是一只麻灰色的大公狼,其次是一只即将分娩的大母狼,其余七只都是体格一般的小狼。这群喜爱生活在偏远山区或辽阔草原的西北狼,怎么会来到人口稠密的大平原呢?

说起来,这九只狼就有一肚子苦楚。

原来,几天前,这群西北狼误食了猎人下了麻醉药的诱饵被活捉,尔后被卖给了一个动物贩子。接着,动物贩子又把它们装进汽车,运到了千里之外的黄花镇,以高价卖给了一家动物饲养场。

这是一家刚开办的动物饲养场,场主名叫马运喜。饲养场建在离村子不远的一片砂石地上,设施简单,只盖了几间简易平房,四周拉了一丈多高的铁丝网。马运喜虽说是个青年农民,却颇具经济头脑,他看到现在社会上有钱人越来越多,盖起了许多漂亮的独家小院,急需凶猛的看家狗看门护院,弄得看家狗的价格一路攀升,这可是千载难逢的好机会呀!于是,他决定从外地高价购买良种狗饲养。但他怎么也没料到,供货方竟然是个狗骗子,用九只西北狼充数,骗过了缺乏辨别狼狗经验的马运喜。等他发现它们是狼而不是狗时,得了钱的狗骗子早已逃之夭夭。他是又悔,又恼,又害怕,然而,更让他感到可怕的是,在一个漆黑的夜晚,九只狼居然咬破铁丝网,逃出了饲养场。

马运喜知道,狼是一种残忍而贪婪的动物,饿极了是要吃人的。倘若这群狼窜进村庄,闯进小镇,伤了家畜事小,要是闹出了人命,那后果将不堪设想……想到此,马运喜惊出了一身冷汗,最后决定:有关狼群的秘密只能藏在心里。

马运喜还担心,逃跑的狼群万一夜里返回饲养场怎么办?为了有备无患,他去了趟县城,向一个朋友借了杆猎枪。在回家的路上,马运喜暗自祈祷:狼啊狼,但愿你们快快离开黄花镇,返回你们的故乡吧!

读者可能要问,这群狼到底在哪里呢?这群狼此时并没有走远,而是躲藏在离饲养场不远的玉米地里。

眼下地里的玉米已长到一人来高,放眼望去,一派郁郁葱葱的田园风光。这群狼,在玉米地里已经躲了整整一天,既没找到可以填肚的小牲畜,也没遇到在庄稼地干活的人,它们没吃没喝,在饥渴中痛苦地煎熬着,惊恐地观察着这片奇异的新天地。

当又一个夜幕降临的时候,饥饿的狼群开始骚动起来,然而,在大公狼威严的目光下,它们只得怯生生地紧紧护卫在怀孕的母狼身边,顽强地忍受着离开故土的痛苦。此时,风刮起来,把田野里的玉米叶子吹得"哗哗"作响。对狼群来说,尽管叶子发出的很像小溪的潺潺流水声,可是,灵敏的嗅觉告诉它们,这声音是多么陌生,甚至连田间昆虫的鸣叫也与西北草原迥然不同。

淡淡的星光下,大母狼可怜巴巴地望着大公狼,眼角闪着晶莹的泪光,腹中的狼崽消耗着它大量的体力和营养,它急切期望能尽快补充食物,否则,它,还有它腹中的小生命将无法生存!

大公狼像尊塑像蹲坐着,它似乎早已觉察到了大母狼饥饿的身躯在微微颤抖。作为头狼,它肩负着让这支狼群生存下去的责任;而作为丈夫,它必须为大母狼寻找延续生命的食物。可是,从误食诱饵的那天起,它已领教了人类的厉害,眼下身处人烟稠密的平原,它更感到危机重重,不敢贸然行动。

大公狼蹲坐着沉默了好久,终于一扬头发出"嗷"的一声长嗥,这还是它来到平原的第一声低沉的号令,狼群听了浑身一震,随即悄悄溜出了玉米地,沿着乡间小路,向一公里外的黄花镇缓慢移动。

田野"幽灵"

小镇的夜晚十分寂静,狼群在离小镇二百米远的田埂边潜伏下来,镇上偶尔闪亮的灯光令它们踟蹰不前。

黄花镇上有一千多户人口,除了机关、学校、居民,就是街边林立的店铺。这里是全镇及其下属乡村的政治、经济、文化中心,虽然比不上大城市的繁华，却是乡村农民向往的地方，尤其是附近的村干部们，有事没事更乐意往镇上跑，除了到镇政府开会、办事，就是到餐馆喝酒、吃饭。胡家村的村主任胡大民就是小镇餐馆的常客。

这天下午，他到镇上买了两只良种长毛兔，正巧碰上几个乡干部，几个人就有说有笑地来到餐馆喝酒，一直喝到晚上十点多钟，胡大民才醉醺醺骑上自行车往村里赶，临出餐馆的时候，还特地给馋嘴的老婆捎上了一只烧鸡。

出了小镇，胡大民拐上了一条羊肠小道。胡大民酒量不浅，今晚喝了一斤多，人正在兴头上，一路上腾云驾雾般骑着自行车，嘴里不停地哼着小曲，打着酒嗝，向前蹬着。蹬着蹬着，忽然他醉眼朦胧地看到前方闪起几点幽幽绿光，就像传说的鬼火，胡大民不信邪，振作起精神，照旧骑着车子，瞪着双眼，直朝前冲去，不料一走神，自行车前轮陷进路边一个小坑，他身子一歪，连车带人摔倒在路边，车把上的烧鸡甩到路中央。

"他奶奶的！"胡大民翻身坐起，嘴里骂骂咧咧道，"谁家抗旱挖的坑，干完活也不填上，留在路上害人！"就在他嘟嘟囔囔骂人的时候，那几点绿光悄悄朝他逼近，在离他两三米的地方停了下来。

这就是以大公狼为首的那群西北狼，被酒精烧昏头的胡大民哪里知道，他成了狼群闯入黄花镇之后盯住的第一个目标。

大公狼蹲在路中央，迟迟没有发出进攻信号。它还在观望、沉思。在大公狼的记忆里，独行的人类遇到狼群，往往会惊惶失措、仓皇逃命，而眼前这个人却一点不慌、不怕，似乎表明这里的人类有对付狼群的"法宝"。在这种情况下，大公狼为了对同类的安全负责，强按饥渴难耐的欲望，静静地观察猎物下一步的动作。

时间在一秒一秒过去，就在这时，一阵风吹过，烧鸡的香味传了过来，大公狼终于按捺不住，悄悄地向同类发出第一个信号，几只狼迅速来到胡大民身后，形成包围之势，等待下一个进攻信号。

就在这时，胡大民从地上站起身来，一只手拍拍屁股上的尘土，另一只手掏出一支香烟叼在嘴上，接着，摸出打火机"啪"地点亮。这突然出现的火光把大公狼吓了一跳，它本能地后退几步，尖利的长嘴伸向天空，"嗷"地叫了一声，那意思好像是告诉同伴要加倍小心，其他狼听到叫声后，不约而同地往后退了几步。

这"嗷"的一声叫唤，胡大民这才发现，自己已经被几团黑乎乎的影子包围，四周闪动着幽幽绿光。胡大民浑身一激灵，打了个冷颤：天啊，这是什么东西？难道野地里真的有鬼？

就在他吃惊的一刹那，一条黑影从背后猛窜上来。这是一条小狼，它实在受不了饥饿的煎熬，提前发动攻击，只听"哧啦"一声，胡大民的上衣被撕下一片。当那条小狼想再度发动攻击时，大公狼愠怒地瞪了它一眼，"嗷"的一声令下，狼群顿时冲向自行车后座上的麻袋，扑倒里面装着的两只良种长毛兔。

"我的妈呀，有鬼！"胡大民吓傻了，这时酒也醒了，一边喊着，一边撒腿就往小镇方向拼命跑去……

半小时后，一帮打着手电筒的小镇居民朝出事的地点奔来。到了现场，只见地上一摊鲜血，两只长毛兔和一只甩在路上的烧鸡早没了踪影。"有鬼、有鬼！"胡大民语无伦次，战战兢兢地说着，身子像筛糠一样抖个不停。

这一夜，胡大民没敢回家，在大伙的帮助下，他推起自行车，在小镇上度过了一个难熬的夜晚。

第二天，胡大民遇"鬼"的消息不胫而走，全镇顿时人心惶惶，再没有人敢走夜路。连小镇上一所寄宿制中学的学生，晚上也不敢随便溜出学校，去镇外聊天散步了。

当消息传到马运喜耳朵里时，他吓得"扑通"一声从床上滚到地上。他清楚，胡大民遇到的根本不是"鬼"，而是逃走的狼群。他暗暗惊呼：我的妈啊，这群狼真的现身了，真要闹出人命，我马运喜就成了黄花镇的罪人了呀！怎么办？他想了一个晚上，决定在饲养场四周设下诱饵，引狼上钩，再用借来的猎枪消灭狼群。

然而，一连三天，狼群始终没有再出现，害得马运喜白搭了好几只兔子。

原来，狼群的第一次出击虽然没能吃饱肚皮，但收获的两只长毛兔和一只烧鸡却给它们带来了一丝生存的希望。它们白天隐身在远离村庄、人迹罕至的野地里，到了夜里才在大公狼的带领下四处觅食。平原上除了有少量的野兔，实在没什么野物，九只饿狼，没几天，就把附近的野兔消灭殆尽。

食物又开始短缺。这时，它们虽然嗅到了马运喜饲养场飘来的食物味儿，但大公狼却不肯让狼群朝饲养场迈动一步，它无法忘记自己被关在铁丝网里的经历，现在好不容易逃出了铁丝网，就不能轻易接近那块是非之地。它认定那铁丝网的背后，一定还藏着什么要它们命的阴谋。

不过，这里不是莽莽草原，过不了半个月，玉米就成熟了，等农民收获之后，清翠的田野就会变成光秃秃的平地，别说是九只狼，就是一只野兔也会暴露在光天化日之下，到那时，人人喊打，它们的结局只有一个：死路一条！

夜深了，大公狼似乎意识到即将来临的结局，它烦躁地在母狼身边走来走去,不时冲着天空凉意四射的弯月,发出一声声"嗷嗷"的哀鸣。

残酷厮杀

却说胡大民遇"鬼"受惊之后,一连几天没敢出门。可是,酒虫的诱惑,使他心痒难熬,老想到小镇上溜达溜达,跟老朋友们喝几杯。这天下午,他决定冒险到镇上去一次。为了安全起见,出门时,他特地带上家里喂养的一条大狼狗。

这条大狼狗名叫"黑豹",据说身上流淌着正宗德国犬的贵族血液,是一年前,胡大民花了一千多元从县城买来的。自从村主任家里有了"黑豹",村民们见了它就远远避开。村上养狗的人家也不少,可那些狗只要一见"黑豹",立即头一耷拉,夹着尾巴就逃。

这时,胡大民骑着自行车,沿着田间小道朝小镇方向蹬去。身后,"黑豹"吐着猩红的舌头,晃着脖子上"叮当"作响的铃铛,豪气十足地跟着自行车奔跑。

走了一段路,"黑豹"突然停了下来,冲着路边的玉米地"汪汪"狂叫起来。

胡大民纳闷地停下车子,朝"黑豹"喝道:"叫什么叫,快走!"一贯听话的"黑豹"却纹丝不动,高高竖起的耳朵不停地摆动。胡大民跳下自行车,从车座兜里摸出铁链子想要给"黑豹"套上,"黑豹"却一闪身钻进玉米地里,任凭胡大民大呼小叫,也没有出来。

"黑豹"不愧是犬中贵族,它在田野飘荡的空气中嗅到了同族异类的气息,潜藏在心底的斗志立刻被激发起来,它窜进玉米地开始寻找它们的踪迹。

到了夕阳西下的时候,"黑豹"终于和狼群相遇了,一场同族之间的激战已经不可避免。

论实力,"黑豹"肯定不是狼群的对手,但是,在村中独一无二的优越感养就了它目空一切的霸气,它趾高气扬地逼视着个头最大的大公狼,似乎想不战就迫使对方俯首称臣。

大公狼面对从天而降的挑衅者,在没有判断清楚对手的实力之前,一直采取以守为攻的策略。它知道,在草原上,如果有像"黑豹"这样的牧羊犬出现,附近一定有一个或几个手执猎枪的猎人。奇怪的是,大公狼却没有嗅出附近人类的气息,它疑惑地盯着"黑豹",仿佛在说:"你小子,想来送死吗?我们正缺少一顿丰盛的晚餐呢!"

"黑豹"被大公狼揶揄的神情激怒了,它掉头跑出玉米地,站在一条小河旁朝狼群的方向"汪汪"直叫,好像在说:"你们快出来,我们决斗!"

大公狼的眼里终于喷射出凶光,也许,它实在不愿再忍受"狼落平原被犬欺"的耻辱,"嗷"一声嗥叫,狼群终于走出玉米地,在落日的余晖下与"黑豹"对峙在小河沟旁。

高傲的"黑豹"率先出击,旋风一样扑向大公狼。可是,不等大公狼应战,两只小狼迎头拦住"黑豹",展开厮杀,另外几只小狼守在母狼身边,紧张地注视着战况。

大公狼眼睛微闭,似乎在欣赏"黑豹"的演技,当"黑豹"把一只小狼的大腿咬伤时,大公狼再也按捺不住了,突然腾空而起,与"黑豹"展开搏杀,一时间,田野里打斗声震耳欲聋,黑影翻飞,来自平原和草原的两大高手,就像人间比武的侠客,把宁静的田野闹得天翻地覆。"黑豹"果真不是大公狼的对手,没几个回合,身上就多了几处血淋淋的伤口,而大公狼仅被抓下几撮狼毛,元气一点没有受到损伤。"黑豹"知道碰上了对手，正要撤退，可已经来不及了，九只狼把它团团围住，一个个露出白森森的尖牙，它们的目的只有一个，就是要把"黑豹"吃掉！

"黑豹"环视四周，打算进行最后的突围，它把突围缺口锁定在那只受伤的小狼身上，拼足力气朝小狼扑去，哪知，没等"黑豹"扑向小狼，只见一道黑影闪电一样向它射来，大公狼张开大口紧紧咬住"黑豹"的脖颈，顿时鲜血喷射而出，"黑豹"失去了抵抗力，大公狼狠狠地把它甩进干枯的小河沟。狼群一拥而上，正要撕食"黑豹"时，突然，田野里响起猛烈的马达声，几辆喷着黑烟的摩托车飞驰而来。大公狼恋恋不舍地看了看正在河沟里挣扎的"黑豹"，"嗷"地叫了一声，率领狼群消失在浓密的玉米地里……

几辆摩托车在河沟边停了下来，为首的正是"黑豹"的主人胡大民。原来，胡大民发现"黑豹"丢失，急忙回村叫了几个小伙子帮助寻找，听人说田野深处有狗叫声，就骑着几辆摩托车赶来。等他们赶到现场，伤痕累累的"黑豹"已经奄奄一息。

胡大民流着眼泪，用手抚摸着爱犬说："老天，什么怪物比我的'黑豹'还厉害哟！"

"黑豹"的眼皮无力地翻动几下，勉强低鸣两声，似乎想告诉主人什么，可是，没等胡大民把它带到家，"黑豹"就永远地闭上了眼睛。

胡大民把爱犬埋在屋后的梧桐树下，眼睛哭得通红："'黑豹'呀，你死得太屈了，我一定要找到那个害死你的怪物，亲手为你报仇！"

从"黑豹"死去的第二天开始，胡大民就开始组织村民到田野里巡逻，试图发现"怪物"的踪迹。可是，忙活了几天，也没见"怪物"的影子。有人劝胡大民说："别伤心了，或许是人家的狗比你家的狗还厉害，这就叫强中自有强中手，干脆再掏钱买一条得了！"

胡大民想起那夜遇"鬼"的事儿，心中的疙瘩更大了，他相信那夜遇到的怪物就是咬死"黑豹"的凶手，这个凶手如今一定还藏在玉米地里，可是，各村的玉米地彼此相连，足足有上万亩，自己究竟到哪一块地里去找啊？他在心里恨恨地说：哼，等收了秋，大平原上无遮无拦，看你这个怪物能藏到哪里！

就在胡大民一心想秋后算账的时候，黄花镇突然发生了一件大事，提前给了他一个揭开谜底的机会。

这天，三名蒙面歹徒持枪抢劫了县城一家珠宝店，得手之后夺路而逃。公安干警紧急追捕，一个歹徒被击毙，另一个被生擒，最后一个歹徒被干警开枪击伤了小腿，而他竟拦截了一辆出租车往黄花镇逃去，躲进了玉米地。当天晚上，大批增援的武警官兵封锁了黄花镇的所有路口，并紧急动员各村民兵配合公安干警搜捕逃犯。胡大民接到通知，"腾"地从床上坐起来，吼了一声："哼，逃犯和那个怪物，一个也跑不了！"

惊心围捕

逃犯拖着受伤的小腿钻进了玉米地，强忍着疼痛，一瘸一拐地往深处走。他想自己与其坐以待毙，不如负隅顽抗，说不定还有一条生路。

逃犯不知走了多长时间，走得又累又饿，就停下来歇息。他一手握着子弹上膛的手枪，顺手掰了一穗嫩玉米，拨开包皮，狼吞虎咽啃起来。可他怎么也没想到，离他几十米的地方，九双绿莹莹的狼眼正虎视眈眈地盯着他。

群狼见逃犯吃完一穗嫩玉米，仍旧一动不动，大公狼仍然没有发出进攻的信号。

大公狼不愧是一只出色的头狼,当夜幕降临时,它就从小镇方向传来的警车声中判断出潜在的危险,一车车荷枪实弹的武警战士正向黄花镇集结,上万名民兵也已经奉命开始下田围捕,好像还有警犬的叫声,在这个节骨眼上捕食送上门的猎物,无疑是往猎人的枪口上撞。

逃犯歇了一会儿,起身继续前行,就在这时,一直被狼群保护的大母狼突然发动了攻击。它腾空跃起,直取猎物的咽喉。但是,这一跃并没有成功,尖锐的利爪只是抓破了逃犯的半张脸,受惊的逃犯突然遭袭,惊慌地冲着前面的黑影扣动了扳机。

田野里"砰、砰"响起两声清脆的枪声,惊得狼群四处逃窜。

枪声也惊动了围捕的武警和民兵,他们纷纷举着手电筒朝枪声响起的地方奔来。

逃犯知道枪声暴露了目标,忙猫起腰拼命向前逃窜,忽然,前方出现一道铁丝网,里面是一排亮着灯的简易房。再细看,发现铁丝网门口,有一个端着猎枪的人影正打着手电四处照射,这个人就是饲养场场主马运喜。逃犯心中暗喜,他悄悄绕到马运喜身后,猛地勒住他的脖子,冰冷的枪口顶在他的太阳穴上,低声喝道:"别动,往屋里走,否则,要你的命!"

马运喜做梦也想不到,狼没抓到一只,反被逃犯抓了当人质,吓得他差点尿湿了裤子。

饲养场里,一只拴在木桩上的看家狗见主人遭欺,"汪汪"大叫起来,狗叫声弄得逃犯心慌意乱,恨不得一枪结果了狗命。但他怕枪声再度暴露目标,便拉着马运喜钻进屋里。他想:只要老子手上有人质,看你们警察能奈我何!

一个小时之后,在警犬的引路下,饲养场被全副武装的警察包围,几十束强烈的手电光照向屋里，一个带队的警官举着喇叭朝里面喊话："逃犯听着，你已经被我们包围了，快点放下武器，从里面走出来，争取宽大处理……"

院子里的看家狗哪里见过这阵势，吓得一边连声狂叫，一边又蹦又跳，简直要把木桩上的铁链子挣断。就在这时，突然，"砰"的一声枪响，院中的看家狗应声倒地。

屋里传来歇斯底里的嚎叫："你们听着，我手里有人质，如果把我逼急了，那条狗就是人质的下场！"

警官知道歹徒一旦狗急跳墙，什么事都做得出来，为了人质的安全，立刻停止喊话，另行研究对策。胡大民被武警挡在警戒线的外围，听着歹徒嚎叫，他气哼哼地说："奶奶的，如果那个咬死'黑豹'的怪物能冲进去抓住罪犯，我跟它的冤仇就一笔勾销！"

武警不知道他的话是什么意思，就小声询问起来，胡大民就给几个站岗的武警讲起了那晚遇到"鬼"和"黑豹"被咬死的事，一个年轻武警听了，"嘿嘿"一笑说，"连我们的警犬也没有这么厉害，你说的那个怪物除非是一只狼。"

胡大民连连摇头说："我们这里是平原，哪里会有狼？"

就在这时，饲养场里"砰"地传来一声枪响，胡大民心里一沉："不好，一定是人质被害了！"可是，却见一队武警旋风般地冲进饲养场，猛地踹开屋门，将逃犯活捉。原来，武警部队派了一个有名的神枪手瞄准逃犯射击，一枪击中逃犯拿枪的手腕。

马运喜得救了，警察却给他戴上了手铐，原因是在他的饲养场发现了一支猎枪，按照有关法律，未经政府批准，任何公民是不准私自拥有、使用枪支的。一队警察把逃犯押走之后，留下的几个警察对马运喜就地进行审问，死里逃生的马运喜，就一五一十地交待了借枪的前后经过。

"什么？有九只狼？"负责审讯的警察几乎不相信自己的耳朵了，半信半疑地把马运喜带回了当地派出所。

常言说：没有不透风的墙。第二天一大早，马运喜"借枪打狼"的奇闻，顷刻间传遍黄花镇，联想起胡大民遇"鬼"和"黑豹"之死，人们一下子对平原跑来九只狼的说法深信不疑，这一来，黄花镇村村寨寨、家家户户，人人自危，连出门串亲戚都要找一帮人助威壮胆。

胡大民弄清了怪物的来历，气得直咬牙，领着一帮人闯进镇政府，对镇长说："我是村民推荐的代表，强烈要求政府像抓逃犯一样，派武警战士消灭狼群。否则，就是满地的玉米烂在庄稼地里，我们也不愿意下地喂狼。"

农业生产是全镇的头等大事，如果真的因为狼的问题误了农时，上级肯定要怪罪的。镇长见九只狼闹得人们惶恐不安，唯恐大家不下地收玉米，当即答应了村民的要求，连夜向上级起草了报告。

只隔了一天，上级就给了答复，为了保护农民秋收，派一个武警小分队到黄花镇打狼。

悲壮狼群

平原上一年一度的秋收开始了，黄花镇范围的庄稼地里机器轰鸣，人来人往，一派繁忙景象。由于急于抓到九只狼的缘故，人们不约而同加快了生产进度，没几天，上万亩土地变成了光秃秃的一片。然而，人们却没有发现那九只狼的踪迹。

可是，人们的心理压力并没有因此而减轻，反而认为狼群可能转移到了村庄附近，伺机向村民发动袭击。然而，大伙提心吊胆防了几天，却没有一个村庄遭遇狼祸。那么，到底有没有狼呢？

马运喜上次借的猎枪是朋友合法拥有的，不过，私自借枪的行为也是不对的，派出所罚了他一笔款，批评教育一番就放了回去。这天他见派出所又询问九只狼的事情，他把胸脯拍得"咚咚"作响说："如果我说谎，政府枪毙我都行！"胡大民也一口咬定害死'黑豹'的，肯定是群狼。可是，为什么九只狼这么多天却没了影子呢？

为了稳定人心，上级派来了一位研究动物习性的专家，向大家宣传动物知识。专家解释说，人类遇到生存环境改变的时候，往往会移地而居。狼很聪明，也像人一样，平原地区不适应它们生活时，也会转移到更适合它们生存的地方，也就是说，九只狼已经离开了平原地区。这个结论做出以后，负责打狼的武警小分队当天就结束了行动，撤离黄花镇。马运喜和胡大民都是吃了狼的苦头，他们不相信专家那一套，仍继续寻找狼群的下落。

一转眼十多天过去了，九只狼仍是杳无踪迹。

这天上午，镇政府的一支修桥队来到一座废弃的小桥旁，要拆掉废墟，修一座新桥。

这孔桥是附近几个村子共用的，镇长叫来了几个村主任商量集资办法，胡大民也在其中。就在这时，一个工人在桥下惊叫起来："快来看啊，桥下有一窝刚出生的小狗！"

镇长和几个村主任全都跑到桥下看稀罕，只见桥拱下面有一个很深的洞，几只毛茸茸的小狗从里面爬了出来，发现小狗的工人探身进洞，打亮打火机观看，忽然扔掉打火机，大叫一声："妈呀，有鬼！"撒腿就跑。

镇长捡起打火机，壮着胆子往里面探望，鬼倒没有，却有一具母狗的尸体，他用手摸了摸，已经没了体温，更可怜的是一只小狗还在使劲地拱着母狗僵硬的奶头。在母狗的另一侧，是一堆堆白森森的骨头。胡大民凑上前，仔细看了看几只毛茸茸的小狗，眉头一皱说："奶奶的，我养了这么多年的狗，咋从来没见过这样古怪的小狗？瞧它们那模样，倒像是一窝狼崽子！"

正巧，马运喜从修桥工地路过，看了那只死狗，连连大叫道："天啊，这就是那只大母狼，卖狗的骗子还说它怀了崽，我占了他的大便宜呢！"

真相立刻大白。秋收时，狼群被迫转移到了不被人注意的废桥下面的洞中，没有食物，它们只有吃掉同类充饥。

马运喜数了数狼骨架，除了大母狼，刚好是八具，那支最大的骨架一定是大公狼的，看来，为了让母狼有体力产下幼崽，大公狼甘愿成为延续生命的腹中餐。

胡大民想起惨死的"黑豹"，抬脚就要踩死小狼崽，镇长忙伸手阻止了他，长叹一声说："它们跟我们一样，毕竟也是这个世界上的生命啊！"当天中午，一辆汽车把嗷嗷待哺的小狼崽送往城里的动物园。

失踪的狼群终于找到了，九只狼的传奇故事又一次传遍了黄花镇，人们对九只狼的结局议论纷纷。

有人义正词严地说："天啊，狼真的太残忍了，为了生存，连自己的同类都能吃下去！"

然而，也有人动情地说："这狼，有情有义，为了哺育后代，宁肯自己吃自己，也不肯到村上祸害人，它们死得惨烈，死得悲壮！比起社会上某些人来，要强多了……"

（刘　林）

（题图：杨宏富）

诡变人生

诡异陷害

金达来集团的老总王大路,是一个赶上了机会、见过世面的人。八十年代末大学毕业,闯海南、走深圳、炒地皮、炒股票,这些让他迅速积累了一笔财富,手头充裕之后,他又及时退出了这片泡沫日增的热潮,回到生养他的城市,做起了古玩和房地产生意。

随着公司规模的不断扩大,一些弊端也慢慢显现了出来。虽然俗语说"乱世藏黄金,盛世藏古董",古玩行业在太平盛世中大有利益可图,但有的时候一件古玩往往要放上个三五年才会有较大的赢利空间,这就会占去许多流动资金,而这恰恰与需要大量现金来周转的地产行业有明显的矛盾。不过对王大路来说,玩古董既是生意,也是个人兴趣,他在其中周旋得不亦乐乎。

这天，古玩公司突然接到一笔大生意，这笔生意说它大一点也不过分，这批古董不仅有罕见的瓷器，明代的家具，更有不少清朝宫廷之物，但奇怪的是这些宝物是被辆又破又旧的大卡车拉来的。

看到这些东西的时候，不仅王大路目瞪口呆，就连他专门从北京请来，有着几十年鉴赏古玩经验的老先生也露出疑惑的表情，这么些贵重的宝贝，它的主人竟然随便用辆破卡车拉来，可见它的主人不是淡泊名利的高人，就是实在穷得要死。

古玩的主人穿着相当朴素，戴了副早已经不流行的宽框厚边眼镜，未语先笑，满嘴的京片子："没办法，按说都是祖宗留下来的，不应该拿出来卖，但实在是出了要花大钱才能摆平的事儿，等钱救命。"

王大路知道规矩，并不多问，挥了挥手示意那两位老先生鉴定真假，约一个小时后，结果出来了，全部是真品。其实王大路自己也看得出这些东西品质不错，只不过对它们的来历还心存疑虑。戴眼镜的男人似乎看出了他的担心，不失时机地说起这批东西的来历。他自称是满族，姓清朝的皇姓爱新觉罗，嫡系祖宗乃是道光皇帝的第七个儿子，就是咸丰帝和恭亲王的弟弟，据说当时只封了个贝勒，后来到宣统年间时连官职都没了，只余了些钱财。在末代小皇帝离开京城的头几年，宫里不少太监都偷东西拿出去贱卖，他的祖父便私下买了来，渐渐地和太监混得很熟，但是因为东西实在太多，祖父没那么多钱，而太监一时也找不到好买主，只好把那些不容易脱手的物件寄放在他祖父家里了。后来小皇帝离开北京，偷东西的太监们也不知所踪了，大概是被冯玉祥的军队给杀了，那些东西便落下了，一直保存到今天。

王大路当然不会轻易相信这样悬而又悬的说法，就像事先从小说里背好了一样，于是他笑了笑，让这个落魄的八旗子弟报出个价格来。戴眼镜的男人显然早就想好了一个价格，轻轻说出来，王大路在心中暗想，这个价格相对东西本身是绝对不高的，但毕竟是笔大数目。他不置可否，思索着让戴眼镜的男人稍等一下，自己则走进公司里面的一间隐蔽的房间，这个房间里有几名工作人员正坐在电脑前查询全国所有博物馆的馆藏，以及近十五年来亚洲的所有古玩的拍卖记录，得到的结论是这些东西不属于任何博物馆，而且也从来未被拍卖过，应该属于流散在民间而被家藏的东西。

王大路有些举棋不定了，即使是流散到民间，这里面也不一定可靠，再说付出这么一大笔现金来购买，倘若不能在短时间内易手出货的话，就必然会因为资金的周转不灵而导致自己的地产公司受到巨大影响，这样后果是十分严重的。但是如果在这批古玩到手后，搞个大型的拍卖会，立刻脱手赚点钱也不是不可以的，毕竟这批东西的价格确实很合适。

戴眼镜的男人看到王大路心不在焉地走了出来，忙快步走上前诚恳地说："我知道这笔古玩的价格不菲，但是我相信也只有王先生有实力和胆略来收下它，这也是我不远千里而来的原因，如果不是万不得已，我是不会把这些祖宗传下来的东西拿出来卖的。"

王大路笑了笑，他还是决定不了，于是试探地说了一句："价格还是高了些。"

戴眼镜男人显然有些气愤，脸涨得通红，但又不得不压下火气，低声下气地说："王先生，你是个识货的人，价格真的是不能再低了，如果您还是觉得不合算，我可以再给您添上一样东西……这件东西我本来是打算自己留下做个纪念的。"

戴眼镜的男人边说边从身上拿出了一只小小的檀木盒，轻轻打开盒子，里面衬着明黄色的陈年缎里，在这种皇家专用的颜色衬垫上现出来一个小小的物事，这件小东西不仅让王大路吃了一惊，更让两位老先生有些坐不住了。

那是一只微雕的小木船，船上隐约还可以看到几个人。两位老先生有些激动异常，拿着放大镜仔仔细细观察了好一阵子，其中一个激动地向王大路说道："可以断代，确实是明朝中期的东西，形体模样长短宽窄丝毫不差，虽然不能肯定就是书中所写的那枚，但绝不是近代伪造。"

另一位老先生摸着发白的胡子，目光沉重："相传的确有此物传世，这枚核舟曾一度落到乾隆爷的手里，后来乾隆爷把它赏赐给了最爱的臣子和珅。后来乾隆死后，嘉庆皇帝抄了和珅的家，这件东西也就随之音讯全无了。"

王大路目不转睛地看着这枚核舟，早在读中学的时候他就学过那篇明朝的文言文《核舟记》，知道有个叫王叔远的能工巧匠，擅长微雕，曾经刻过一只小木船，上面有宋朝的苏东坡、黄鲁直和佛印三个人在游玩赤壁。在当时，拥有这件东西成了他最大的梦想，他还曾经尝试着雕刻过，可是没有成功，如今这件东西就摆在他的面前，如果真是明朝传下来的，那么光它的文化价值就是不可估量的。这件东西勾出了他太多学生时代的事情，在一阵回忆之后他狠了狠心，立刻把电话打给银行，然后开出一张巨额支票交到戴眼镜的男人手上。那男人走的时候是不慌不忙的，但脸上的笑容有些异样。

这次古玩交易后，王大路动用了很多关系，在国内外搞了一场空前规模的宣传，他必须尽快举办一场拍卖会，拍卖所买下的部分古玩，来弥补现金流的巨大缺口，当然，那核舟是不在拍卖之列的。

然而，拍卖会还没举行，王大路就被公安局拘留了。到这时候，王大路才明白自己是掉进了一个被别人巧妙设计好的陷阱。那批古玩虽然不是国内任何一家博物馆的馆藏，也从未被公开拍卖过，但它却是一位国内资深老先生的私人收藏。一个月前，这位老先生出国旅游期间，这批东西突然被盗，老先生回来后慌忙报了案，王大路的拍卖会的宣传让警察轻易破案，经查实除了那只核舟外，其余的一样不差竟全部是失窃物品！

除了赃物被追回，王大路还交了一大笔罚款，他的地产公司已经处在全面瘫痪的状态了，两个正在兴建的小区因为后续资金不足，已经先后停工，他的公司已经资不抵债了。

王大路中了这个大圈套后，心中的疑团一直没解开，为什么就偏偏找到他来出卖贼赃，为什么竟然敢在光天化日之下大摇大摆把东西运过来，不怕被人发觉，而且言谈举止更是镇静从容？如果真的有人要害他，究竟是谁，又是为了什么？

神秘跟踪

疑团一时解不开，日子还得过，公司倒闭后，王大路每天无所事事，踢拉着一双大拖鞋，穿一条肥大的短裤，左手拎着茶水瓶，右手举着大扇子到处闲转，几乎没人认得出他就是昔日那个叱咤风云的王总了。

王大路从自己的别墅里搬了出来，搬到闹市区他父母给他留下的一处老式楼房中，过起了普通老百姓的生活。

这天中午，王大路刚吃过午饭，老屋里来了一个人。这个人叫胡三，是王大路从小玩到大的朋友，一直在做边贸生意，不经常回来。胡三是个爽快人，他一见王大路就快人快语地说："我一回来就听说了你的事情，到别墅没找到你，才找到这来，咳，老兄，凭你的聪明，怎么会犯这样低级的错误！"

王大路看了胡三一眼，低沉地说："你不会懂的，我都不懂，你怎么懂呢。"

胡三一脸不屑的神色："什么不懂，我看你是被鬼给迷了心窍。"

王大路摇了摇头从怀里掏出一件东西，正是那只核舟，苦笑了一下："说了你不会懂的，我全是因为它。"

胡三伸手接过那只核舟，皱了皱眉头，用手指轻轻擦了几下，就扔到桌子上，嘴里骂道："什么玩意儿，不就是一破微雕吗！"

王大路自嘲地又笑了笑："不只是破，而且还是一个赝品呢。"

胡三看了看他，又看了看桌子上的那只核舟，掏出一盒香烟，抽出一根递给王大路，自己也猛吸了一口："你的意思是说被你手下鉴赏古玩的人给涮了？"

王大路若有所思地点了点头："如果当时没有这只核舟，我是不会轻易买下那批古玩的，毕竟风险也十分大，那两个老先生都口口声声地说可以断代到明朝，我才动了心买下来，后来离开公安局后我才发现那两个所谓的专家早就跑得无影无踪了，我又换了地方鉴定，是赝品，这才知道他们也被收买了。"

胡三沉默了一会，想了想说道："这些情况都报案了吗？怎么说你也算是个受害者。"

王大路低下头用手指轻敲着桌角："报案也没有用，无凭无证的，我想我是掉进了一个别人精心布下的局里了。"

胡三长叹了一口气："那你以后有什么打算呢，如果有要我帮忙的地方尽管说，我们兄弟一场……

王大路站了起来，走到窗口向外张望着："歇息一段再说吧，让我再理理思路，那两个盖了一半的小区怎么也要想办法把它完工，不然可真的把回迁的居民给坑了。"

胡三看了看王大路留在桌子上的剩酒剩菜，轻咳了一声："韩雪也回来了，我和她坐的同一班飞机，她说很想见你。"

王大路听到胡三的话猛地回过身子，吃惊地问道："韩雪？你说你看到韩雪了？"

胡三喷出一个大大的烟圈，说道："是她，她说她丈夫去年出车祸死掉了，也没有孩子，如今一个人开了家美容店，这次回来是想添置一些先进的美容器械。"

王大路嘴角动了动，没有说出话来。原来韩雪不是别人，正是王大路中学时候的初恋情人，当时两个人爱得轰轰烈烈，死去活来，无奈双方家长坚决反对，两人只好转到地下活动，但不幸的是没过多久韩雪全家就搬去了遥远的黑龙江，在漫长的等待与痛苦的煎熬下，两人慢慢失去了联系。王大路至今也忘记不了韩雪，连这次使他倒霉的古玩生意中起关键作用的核舟，也和韩雪有一定的关系。当年王大路和韩雪是一对少男少女，他们对《核舟记》中描述的那枚核舟都特别神往，王大路暗暗找了一枚核桃，想象着要把自己和韩雪一起刻到核桃上，谁知没有刻成不算，还把自己的一小截手指给搭进去了。有了这样的切肤之痛，才使他一见那家伙掏出核舟，便不顾一切地把那些古玩吃了下来……

这故事胡三是知道的，他无奈地看着王大路说："我已经把你那所别墅的电话号码留给她了，她可能很快就会联系你，我先走一步了，你收拾一下不要住在这里了。"

目送着胡三离去，王大路从沉思中醒了过来，他洗了把脸，并没有换衣服，直接出了门。这时候马路上车来车往，当他无意中回头追寻一辆宝马车身影时，却突然发现有一个人也紧随着他的目光转过脸去。这本来是平常的事情，但当王大路试探性地又回头看另一辆汽车时，那个人又跟着他做了相同的动作。

王大路心里一愣，觉得有点不对劲，他没有直奔公交站点，而是故意转了几条街，却发现那个人还不远不近地跟在后面，他开始明白自己是被人跟踪了。

好奇心促使他研究起这个跟踪者来，那人是个相当年轻的小伙子，相貌英俊，怎么看都不像坏人，他似乎对这里的地形不是十分熟悉，一面盯着王大路，一面东张西望，似乎要记下所走过的道路。

王大路在心中琢磨，自己落到今天这个地步早已经脱离了富翁的行列，在劫匪眼里应该是没多大油水了。而且就他现在穿的这身衣服，什么人看到都不会往"有钱"这两个字上去想，难道又是报社的记者？前阵子他刚刚倒霉的时候，确实是被媒体给好好地炒了一把，如今这事已经逐渐冷下去了，除非是个刚参加工作的实习记者，找不到什么报道的素材，所以只好在老事件上做文章，打算拿他做主人公，写一篇《失败者的一天》发到明天的早报上，如果这样可真是太可气了。王大路冷笑一声，心想一定要好好捉弄一下这个小伙子。

他决定先躲进胡同里等那个小伙子走过来，可是他藏好后等了半天，也不见有人过来，无奈之下，只好走出去看，却早就没那小伙子的影子了，看来那小伙子警惕性还很高，一旦知道被发现，就马上撤离了。

王大路搞不清楚是怎么回事，只能先放下这事，乘车到了郊外的一个别墅区。这是一座绿色生态园林式住宅区，是王大路以前开发的一个项目，因为空气好，他便在里面挑选了一座小楼作为自己的家。

打开房门，里面一股霉味直冲鼻子，他想先洗个澡再换套得体的衣服，可就在这时电话铃响了起来。接起电话，王大路的脸色就变了，电话那端不是别人，正是他的初恋情人韩雪。两个人打过招呼后便是一阵沉默，大约都不知道这么长时间没见面该说些什么才好，最后他们约定了晚上六点到市中心的太阳岛咖啡店见面。

在一切东西都收拾妥当后，王大路突然想到了还缺少一部车子。这里距离市中心那么远，没有车子确实是很不方便，更何况他并不想在阔别多年后给韩雪一个寒酸的印象。王大路自己的车子早就被卖掉了，不过在这个小区里他的人缘还是很不错的，所以借一部车子并不是难事。

疯狂女人

想到借车，王大路首先想到了杜湾湾。她是这个小区里最让王大路看得上眼的女人，不仅长得眉清目秀，而且言谈举止温文尔雅。王大路有早起散步的习惯，这在习惯了夜生活的富人中是很少见的，偏偏杜湾湾也喜欢清晨漫步在林阴小道上，于是两人慢慢熟悉了起来。

杜湾湾是美术学院的毕业生，因为太痴迷于艺术了，到最后竟真的为艺术而献身，做了一个台湾商人的金丝雀。用她自己的话说，正是由于追求的太过于美好了，所以才堕落到丑恶当中。因为对于一个学画画的人来说，无论是寻求名师继续深造，还是举办个人画展，都需要大笔的金钱投入，而对于她这样一个出生贫寒的女孩来说，是根本不现实的。

王大路虽然不赞成她的做法，却很佩服她的精神，这个世界上办什么事情不需要代价呢！当然，心底里王大路是为杜湾湾惋惜的，特别是面对她眼神中时时透露出来的一丝期待，王大路的心更是常常觉得难受。不过,王大路深深懂得,无论自己怎样喜欢或者怜爱,都不能有越线的念头,所以每次杜湾湾试着把话题再深入一点的时候,王大路总是选择回避,但他们之间的情谊,两人都是心知肚明的。

想到这里,王大路直奔另一幢别墅,敲开了杜湾湾家的门。

杜家大厅装饰得十分富丽堂皇,四面墙壁上挂满了画卷,杜湾湾赤着雪白的足踝开了门。台湾商人常年不在这里,但他对杜湾湾一个人在家是十分放心的,这种放心是因为杜湾湾对画画的着迷,不会像其他二奶一样有了工夫便四处闲逛。所以他不仅支持杜湾湾画画,还会出大价钱给她买来最好的绘画用具。但杜湾湾有个习惯,就是在自己的作品达到一定数量的时候便拿出来全部烧掉。这个习惯不仅让台湾商人觉得可惜,就是王大路也觉得莫名其妙。他进门后,杜湾湾没和他说话,一直注视着墙上的作品,他心里想:这个女孩子又在犯傻了。

果然,她开始逐一地摘下墙上她自己画的画,放到一只事先就准备好的铁桶中,王大路看着她的举动皱了皱眉:"虽然我不会画,也不太懂得欣赏,但这些东西都是你辛辛苦苦完成的,烧了也实在是太可惜了。"

杜湾湾微笑着扫了一眼桶中的东西,摇了摇头说:"王大路,你不会懂的,如果我不毁了这些旧东西,心中就会留下它们的影子无法忘掉,就再创造不出更新更好的东西来。"

王大路笑了笑,虽然觉得杜湾湾说的一切听起来都是那么合情合理,但是总有一种怪怪的味道在里面,他只好讪讪地说:"等什么时候你有了一幅自己真正满意的作品,一定要拿给我看一看。"

杜湾湾看了一眼王大路,突然很大声地笑了起来说:"快了吧,相信不久之后我就会有一幅伟大的作品问世,到时候我一定先拿给你看,但是你绝对不会想到它是用什么材料绘制而成的,因为那种绘制方法是前人从没有尝试过的。"

王大路的直觉告诉他杜湾湾今天的精神不是很正常，他决定离开这里到别处去借部车子。但杜湾湾却突然挡在了他的面前，眼神很怪异，笑得也有些异样："王大路，你猜呀，如果你能猜出来，说不定我会把那幅伟大的作品送给你的。"

王大路心中阵阵发毛，眼前的这个女孩让他想起了几年前在深圳的街头上看到过的一个发疯的女人，那女人因为丈夫有了外遇，便趁着他睡觉的时候用剪刀剪断那个男人的命根子，随后跑到大街上笑个不停，而杜湾湾此刻的眼神竟和他当年所看到那个女人的眼神这么相似，他突然有点害怕起来。

杜湾湾看到王大路的样子感到很失望，沮丧地说："你走吧，看来你是猜不到了，看来这个世界上根本不会有人猜得到了。"

王大路闻言如同得到特赦一般，走上前开了房门就想离去。没想到这个时候杜湾湾突然喊了一声："王大路，你站住。"

王大路扭过头去看到杜湾湾脸上的神色有说不出来的诡异，只见她把双手伸向肩上的短裙吊带，猛地用力向下拽去，短裙被扯落到地上，里面竟没有穿内衣。杜湾湾的长发直垂到胸前，双手不停地在自己的肉体上抚摸游走。王大路感到一阵阵的心跳加快，但他知道，杜湾湾的举动绝对不是在诱惑他，那么她究竟在干什么呢？

这个时候杜湾湾笑得声音更大了："王大路，你猜不出来吧，猜不出来我就告诉你，这个世界上最好的画纸就是人类的皮肤，它是那样松软和富有弹性，再配上用人类毛发做成的画笔，用血液与脑浆调成的颜料，才能画出这个世界上最美丽的画卷，但是有一点必须要记住，所有的东西最好都要新鲜的才够完美。"

王大路愣了愣，终于无法控制自己的情绪，他感觉这个女孩是真的疯了，觉得自己快要呕吐出来，他根本不敢再看她，赶紧跟跟跄跄地跑了出去。

过了好一会儿，王大路才长长地呼出了一口气，定了定神，看看时间已经差不多了，就匆匆向一位邻居借了部白色本田，一溜烟地驶出了小区，直奔市内。

又见初恋

大约傍晚的时候，王大路来到了太阳岛咖啡屋，在侍应生殷勤的指引下，他坐到了一个最里面靠近窗子的位置，静静等待着。

随着大厅正面墙壁上那部欧式仿古大钟连续敲响七下之后，一个衣着简朴却风姿绰约的女人慢慢地走了进来。王大路一眼就认出她正是韩雪，除了当年的美丽外她更增添了成熟女人的特殊魅力。

韩雪也认出了王大路，但她显然有些不好意思，咬着嘴唇一步步移到王大路面前，坐到铺着绸缎座垫的椅子上。王大路此时忽然不知道应该说些什么，想了半天才说了一句："韩雪，真没想到我们这辈子竟然还有见面的机会，你说这是不是老天的安排？"

韩雪笑了笑没说话，脸上却早已挂满了泪水，王大路看着有些心疼："我听胡三说了，你这些年过得很不好。"

韩雪闻言愣了愣，深深地垂下头，用一种特别细微的声音向王大路讲起了这十几年的经历来。王大路边听边劝导她，最后也不由心头一酸，长长地叹了一口气："不要再想了，一切都会好起来的。"

韩雪凄惨地抬起头，望着王大路说道："其实我并不是第一次回到这座城市，以前也有回来过……只是，只是不敢去见你，害怕你会把我忘记了，这次是因为遇到了胡三，所以才……"

王大路想了一下问道："听说你这次来是想买一些美容器械？"

韩雪点了点头看了他一眼，问道："听说你现在的生意做得很大，在这座城市里也很有名气？"

王大路轻描淡写地说："现在我什么生意都不做了，前些日子上了一次当，被人骗得只剩下一座空架子了。"

韩雪闻言惊讶不已，连忙道歉："对不起，大路，胡三并没有和我说这些，我不应该说起你的伤心事来。"

王大路苦笑一声，正想把整个事情原原本本地说给韩雪听，却突然注意到窗户外面似乎有一双眼睛在向这里注视，就在他去寻觅这目光的来源时，那眼睛却警觉得很，闪了几闪便躲进了暗处。王大路心中一惊，好像是白天跟踪他的那个年轻人，他有些奇怪，就算是记者也不可能会这么快掌握信息，跟踪到这里来的，可是如果那个人不是记者，又会是干什么的呢？

"你怎么了？"韩雪见王大路发起呆来，不解地问："是不是我刚才的话让你伤心了？"

"不是，不是，"王大路不想让韩雪知道自己被跟踪的事，连忙说道，"虽然我现在没什么生意可做了，但还是有些能量的，如果你有什么事，尽管和我说好了，能帮上忙的我会尽量帮你的。"

韩雪沉默了一会，有些难为情地说道："我身上带了笔现金，这几天还没有选好到底要买什么牌子的器械，所以，所以总有点担惊害怕。"

王大路顿时明白了韩雪的担忧，一个漂亮女人身上带了一笔为数可观的钱，独自一人在一座举目无亲的城市里，保不准会出点什么事。他犹豫了片刻,诚恳地说道:"韩雪,如果你相信我就暂时搬到我那里去住好了,我住的地方很宽敞,不会有什么麻烦的。"

韩雪红了脸,轻声说道:"我怎么会不相信你呢,只是我还有一些东西放在旅馆里。"

王大路笑了笑:"现在天色不早,我们这就去取吧。"

韩雪点了点头,王大路喊来侍应生结了账,便一起来到韩雪暂住的旅馆,其实她也没有什么太多的行李,只有两只皮箱,前后没用上半个小时,就已经在去王大路别墅的公路上了。

路上王大路发觉后面一直有一辆黑色的轿车在时隐时现地尾随着他的车子,不禁心中冷笑,又是那个跟踪自己的年轻人在耍把戏,但是这条路他太熟悉了,在连续几个急转弯和小路插行后,黑色轿车早被甩得无影无踪。韩雪见王大路开车时的反常举动有些纳闷:"大路,你怎么了?放着好好的大道不走,怎么总走一些偏僻的地方呀?"

王大路微微一笑,也不说话,而是把车子开得如同一条游动的蛇,左插右突,大概多用了半个多小时的时间才回到家。在安排好韩雪的住处后,他一个人把自己反锁进房间,开了瓶酒,坐在那里回忆起往事,一夜都没有合眼。

第二天两个人梳洗完毕,王大路正准备带韩雪出去吃早餐的时候,电话突然响了起来。王大路心里奇怪,这个号码没有多少人知道,而且自从他倒霉之后,更是少有人问津。他拿起电话,不由吓了一跳,原来打电话的不是别人,正是昨天去借车不成,反而把他吓跑的杜湾湾,杜湾湾在电话里让王大路去她那里一趟,王大路心中狐疑,本想找个借口推脱了事,没想到杜湾湾说了一句让他不得不去的话。

"王大路,你究竟来不来,不来你会后悔的,难道你不想知道究竟是谁陷害得你变成现在这个样子了吗?"

王大路心中一惊,这么长时间他也一直在想究竟谁在害自己,可是把他这些年来所有生意场上的仇家都罗列出来后,竟没有一个像的,杜湾湾的这句话,让他突然有了希望,无论怎么怕这个女人,他也必须要去她那里走一趟。

韩雪在旁边见王大路接了电话后脸色突变,不解地问:"大路,发生什么事了?"

王大路装做没事的样子笑着说:"没什么,朋友的电话,让我过去商量一件生意上的事情,你先在家等我一会,我很快就会回来。"

韩雪似乎有些担心:"远吗? 要开车子去吗?"

王大路摇了摇头:"就在咱们这小区里面,用不了多长时间的。"说完,他几乎是一路小跑向外面冲去,心中却还在不停地想,连警方都无奈的事情杜湾湾怎么会了解其中真相呢。

杜家的大门是敞开的,杜湾湾仍旧赤了一双雪白的足踝,侧着身子慵懒地靠在沙发上,看到王大路快步进门,她略略抬起头,笑着说:"你现在怎么就这么害怕见到我呢?"

王大路看了看她,并不理会她的话,而是焦急地问道:"你在电话里面说,知道究竟是谁在害我?"

杜湾湾撇了撇嘴:"如果有我这样一个女人在等待,不知道有多少男人打破了脑袋想要来呢。"

王大路知道她又在说疯话,没有接口,只闭了嘴开始东张西望,他怀疑那个台湾商人已经回来了,如果撞见,毕竟是很尴尬的事情,可是看来看去,根本就没有台湾商人的影子。不过他却发现了一件奇怪的事,整个大厅中居然连一张画也找不到了,非但没有画,就连以前来时看到的画笔，画纸等一切跟画有关系的东西竟然全部不见了。他半天才从嘴里挤出了一句话："你……不再画画了？"

杜湾湾看着王大路的样子，突然格格地笑了起来："当然不画了，忘记告诉你，我已经有一幅最好的作品完成了，不只我自己再也超越不了它，相信这个世界上也没有任何画可以超越它了。"

王大路"哦"了一声，他可不想去理会什么伟大的画，他只想知道是谁在害自己："你今天给我打电话，说是要告诉我……"

"不错，"杜湾湾突然站了起来，"你不就是想知道谁让你中的圈套吗？"

王大路狠狠地点了点头，杜湾湾笑了一下，轻描淡写地说道："那个人你也认识，就是把我包在这座大笼子里的台湾商人林文富。"

"林文富？不可能。我和他无怨无仇的……"王大路说到这里突然止住，心中想：莫非他怀疑我和杜湾湾有什么事？男人的嫉妒心发作起来也是不得了的，自古以来不就有冲冠一怒为红颜的事吗，可是……

杜湾湾在旁打断他的思路："别再想了，估计你也想不起来的，你还记得前两年市中心一块黄金地段的招标会吗？那次林文富可是下了大本钱的。"

王大路闻言心往下一沉，难道是他？

惊人画卷

原来在两年前，这座城市中有一块地理位置极佳的地段公开招标，参与竞标的四家公司，除了王大路的公司外，另有两家也是本市的，另外一家是合资的，据说这家合资公司的老板是台湾人，但王大路从没见过,那家合资公司在竞标中采取了一些不正当手段,后来被举报,丧失了竞标的资格,最后王大路的公司抢了先机拿下地皮,莫非那家合资公司的老板就是林文富,而他一直怀疑是王大路举报了他的非法竞争?可是这件事根本就不是王大路所为,而是另有其人。

王大路这时真有些哭笑不得,他终于领悟了宁得罪一百个君子,也不得罪一个小人这句话的真正含义了。

杜湾湾在旁叹气:"我知道你想说那件事不是你做的,可是你的公司最后中标,你说不是你又有谁会相信呢?"

王大路咬了咬牙:"为什么现在才告诉我,有证据吗?"

杜湾湾走了几步,看着他说:"我也是刚刚知道的,至于证据,我已经把林文富所说的话录下了音,是趁他喝醉酒的时候录的。"

王大路长长出了一口气:"证据在哪里,拿给我,我要马上去报警,对了,林文富现在在哪里?回台湾了没有?"

杜湾湾又是一阵格格大笑:"其实有没有证据都一样了。当然,你想要我也会给你,不过你必须先看一下我这幅作品,你以前不是说过要看的吗?"

王大路心中虽然着急却也没有办法,只好耐着性子和杜湾湾走到楼梯口的一侧,那面墙被一块不大不小的白布盖着,只见杜湾湾走上前扯下白布,露出一幅画来。那画并不太大,微微粉红色的画布钉在墙上,红的、黄的、白的色块对比强烈地堆叠着,影影绰绰地呈现着一个似人非人,似兽非兽,似鬼非鬼的怪影,它好似张牙舞爪,又似困兽犹斗,整个画面既像实实在在,又像虚无缥缈,让人隐约感到郁闷、窒息、恐怖和狂躁。王大路看着这幅抽象画,注意到了画布质感的不同,突然浑身打了个冷战,向后退了两步,用手指着杜湾湾,尖声叫道:"你,你这画是用什么东西作的?"

杜湾湾眨了眨眼,笑着说道:"我上次不是和你说过作画的最好材料是什么吗,难道你忘记了?"

王大路颤声说:"你,你是真的用人皮和人血画的吗?"

杜湾湾眼神流转:"你应该认识的呀,这就是你的大仇人林文富的皮,他如今正躺在楼上的储藏室里呢,我只用了一把小小的刀,在他睡着的时候轻轻……"

"够了!"王大路脸色苍白,一股寒气从脚底直升到头顶,他再也不想面对这个女人,转过身就向门外冲去,刚跑到门口,一个迎面走来的女人和他撞了个满怀,他仔细一看原来是韩雪,不由一声大吼:"韩雪,谁让你来这里的,快走。"说着,拉着韩雪的手一路疾走,来到家外面那辆白色本田前面,打开车门,把韩雪硬塞进去,自己也坐进去,一溜烟地驶出别墅群。

在车上,无论韩雪怎么追问,王大路都默不作声,最后只说了一句:"先去吃早餐吧。"

韩雪见实在问不出什么了,就只好嘱咐王大路好好开车,但王大路心神不定,眼前总出现那幅画和杜湾湾的诡异笑容,好几次差点把车开进沟里。

早餐也吃得没滋没味,在一阵沉闷之后,王大路终于决定报警,他找了个借口走出餐厅,然后寻了一家公用电话,开始给胡三打电话,这样做是因为自己不想带韩雪去公安局。这事交给胡三去办是再合适不过的了,胡三在电话的另一头也听得一愣一愣的,最后说:"大路哥,你放心吧,我马上就去报案。"

王大路放下电话后,这才深深地出了一口气,转身回到餐厅。这时候韩雪已经等得不耐烦了,见到王大路回来,焦急地问:"大路,怎么这么长时间,你去做什么了。"

"没什么,我们先回去吧。"

韩雪见王大路心情不好,也闭口不提要购买器械的事,随着王大路上了车,两人又回到了那栋小楼。

打开房门,两人刚刚坐下,一阵电话铃骤响,王大路看着电话如同看着鬼怪一样,心中一万个不想去接,但电话就是响个不停。

真相大白

就在王大路犹豫的时候,韩雪伸手去拿起了电话,王大路慌忙抢过话筒,对韩雪尴尬一笑,韩雪也没有说什么,低着头走到了一边。电话果然又是杜湾湾打来的,她让王大路再去她那里一趟,被王大路一口否决。最后杜湾湾一阵沉默,冷冷的说道:"王大路,难道你不想拿走可以作为证据的磁带吗?如果你真的不想,那么我只好毁掉它。"

王大路这时心情矛盾得很,最后长长叹了一口气,心中想,如果杜湾湾把那盒磁带毁掉,自己可真就是冤沉大海了,虽然不想再见到她,但还是要去见她。

这次他和韩雪连招呼都没有打,就出门直奔杜湾湾家。

杜湾湾依然坐在沙发上,却似乎要出门,换了一身很正式的衣服,面容却疲惫得很。她见到王大路进门来,微微一笑,说道:"王大路,我爱你。"

王大路瞪了她一眼,什么话都没有说,杜湾湾接着说道:"因为我爱你,所以才会告诉你事情的真相,并且帮你录下证据,虽然我知道最后你是会报警的。我现在也已经没有什么遗憾了，因为那幅画完成了，而且我帮我爱的人找到了洗刷他冤屈的证据，虽然他还是不爱我……在这个世界上我再也没有什么值得留恋的，本来想把证据直接交给警察就好了，可是又突然发现你有危险。"

王大路冷笑一声："你真的疯了，我会有什么危险？"

杜湾湾淡淡地说："你知道林文富除了地产生意外还做什么吗？他还贩毒！"

王大路在心中说道：他贩毒不贩毒和我又有什么关系。

只见杜湾湾从身上取出了一盒磁带，轻轻地放进了身旁的录音机，说道："你听了就会知道的。"

磁带在录音机里沙沙作响，不一会儿，传出一个男人的声音：

"就是盖这个小区的王大路，还能有谁！"

"我才不相信你有那么大的本事把他搞倒呢，听说他是买了一批假古玩，才变成这个样子的。"这个声音是杜湾湾的。

"小妖精，有什么不相信的，在你眼里王大路就那么厉害？告诉你，其实那批古玩是我林某人的，那个去卖给他古玩的男人是我的一个马仔，最后去报案的人是我在大陆的亲叔叔，他王大路做梦也想不到究竟是怎么一回事。"

"那他可真是够蠢的了，这么轻易就上当了。"

"谁让他敢在两年前得罪我，不过他可一点不蠢，如果不是我生意上的伙伴给我出了个主意，他可不一定上当，说起来这个人和王大路也是有仇的。"

"生意上的伙伴，也是搞房地产的？你可要小心，同行是冤家，今天他可以给你出主意害王大路，明天他也可以给别人出主意来害你。"

"哈哈哈,她可不是搞房地产的,那可是个厉害的人物,我们在一起做冰毒……"这句话显然是林文富也觉得自己说走了嘴,所以停顿下来。

"咳,其实,其实我这个朋友只是建议把一只小小的赝品核舟放进那批古玩里,然后花大价钱买通那两个做鉴赏的老头,她说这样做王大路就一定会上当,因为他对核舟是情有独钟的。"

王大路此刻再也坐不住了,猛地站起身来,手指这录音机,张大了嘴巴,一句话也说不出来。

"她是王大路的初恋情人,叫做韩雪,也多亏了她……"

王大路这时突然跳了过来,"啪"的一声关掉录音机的播放键,大吼道:"不可能,这绝对不可能,韩雪绝对不会害我!"

杜湾湾冷冷地看着王大路激动的样子:"我不知道可能不可能,早上我听你喊那个女人的名字,就想起了磁带里的话,所以才急忙把你叫过来。"

王大路狠狠地摇了摇头,咆哮说:"不可能,韩雪她没有理由这么做,你是个疯子,全是你伪造出来的,都是假的。"

这时候门口传来一个冷冷的声音:"没什么不可能的。"王大路侧过头去,只见韩雪正站在厅门口,手里还举着一把小巧的手枪对着他和杜湾湾。

王大路一瞬间呆住了,他喃喃自语:"是你?真的是你?你为什么?究竟是为了什么?"

韩雪突然大笑起来,声音尖锐无比:"为什么?我恨你,恨你当年抛弃了我。我要报仇,本来我和林文富约定好了再给你安一个贩毒的罪名,可是这几天他的手机就一直打不过去,原来是被这个小婊子给杀了,这也怪他自己,不过没有他,我也一样解决你!"

"我抛弃你?韩雪,你在说什么呢?"王大路满眼的惊讶与痛苦。

韩雪冷笑道:"不要再装了,王大路你知道吗,我当年收到你那封绝情书的时候有多么痛苦,曾经自杀了好几次,后来虽然被救活,但是已经看破了人生,我开始堕落,最后变成现在的样子,我这些年是活在地狱里,这都是你害的,是你毁了我一生!"

"绝情书?"王大路瘫倒在沙发上,忽然仰天大笑,直笑得眼泪都流了出来,他大声喊道,"你全家搬走之后,我在一年里曾经给你写了一百多封信,但是你从来都没给我回过一封信,我以为你早就忘记了我,为了不让自己心中更加痛苦,我最后才写了那封分手的信寄给你的。"

"什么一百多封,明明是一封!"韩雪握枪的手开始有些颤抖。

"你认为我有必要欺骗你吗,而我更是从没收到过你一封信。当时我们的事,因为年纪小,双方家长都不同意,是不是他们……"

大厅内此刻死一样的沉寂,终于,韩雪尖叫起来:"你撒谎,你撒谎,王大路你在撒谎!"

王大路痛苦地闭上眼睛说道:"我没有撒谎,我想我们都弄错了,错了十几年,怪谁呢,能怪到谁呢,难道这就是命运吗?"

韩雪的目光突然变得有些呆滞,停了一会她歇斯底里地喊道:"错了?真的错了吗?我才不相信呢!如果真的错了,那我就让它一错到底吧!"

"砰","砰"……

当王大路睁开眼睛的时候,韩雪已经倒在了地上。在她的旁边还站着许多警察,其中有一个正是曾经跟踪过他的年轻人。他感到脑中一片空白,想动一动,却发现杜湾湾正趴在自己的怀里,背部有一个枪口,血流如注。

胡三这个时候跑了进来，来到王大路面前："幸好来得及时，不然一切都晚了，真没想到韩雪是个毒贩子，那边的几位警察同志便是从东北一直跟她到这里的，他们说了还曾经跟踪过你呢，以为你和她是一伙的。"

王大路苦笑一声："及时？已经晚了，一切都晚了。已经错了一半的人生，无论如何挽救也不会回到从前了。"

胡三呆呆地看着王大路，只见他抱起杜湾湾的尸体一步一步地向门口走去，路过韩雪身边时，他停了一下，看着这个倒在地上的女人，一瞬间脑袋里想起了许多事情，就是在十几年前也是这样的日子里，总有一个女孩喜欢坐在一个男孩怀里，听他讲一只核舟的故事。

(李　想)
(题图：杨宏富)

探秘·险事

tanmi xianshi

你的面前,他非天使;他的面前,你为猎物。

深海较量

昆塔和吉斯是一对盗海人，他们出海的目的，不是捕捉廉价的海鱼，而是采摘珍贵的玛瑙珊瑚。

这天，昆塔和吉斯早早就扬帆出海了。昨天他们在深海寻找玛瑙珊时发现了一只古代的箱子，于是便连夜准备工具，今天直奔目的地而去。他们按照记下的坐标，准确地找到了那片海域。一切准备就绪，昆塔穿上自制的潜水衣，抬头看了看蓝蓝的天空，再次深吸了一口气，纵身跳下海去。

海底能见度很低，昆塔凭着过硬的潜水技术，很顺利地找到了那只箱子。他掏出准备好的缆绳，把箱子的提手结结实实地捆了起来。干完这一切，他拉了拉绳子，向海面发出了信号。

按约定，吉斯这时应当把他拉上海去，可绳子却一动不动。昆塔又耐心等了一会，他刚想再次发出信号，突然，他感到一阵窒息，头盔上的皮管中再也吸不到半点氧气。昆塔眼前顿时金星直冒，他忙屏住呼吸，多年的潜水经验告诉他，这个时候一定要镇定。

近百斤重的潜水服使他根本无法浮上海面，再加上没有氧气，死神在一步一步向他逼近。昆塔从怀中摸出一只小瓶子，吃力地放在嘴边，猛地再一咬，顿时，一股新鲜的氧气直入心脾，昆塔贪婪地吸了几口，迅速恢复了体力。昆塔心中暗暗感激妻子，昨晚是妻子硬把从黑市高价买来的备用氧气塞给了他，并叮嘱他万万不能让吉斯看见，没想到还真派上了用场。女人就是心细！昆塔终于明白了，这不是意外，是吉斯向他下了毒手。昆塔当机立断，猛地拔出潜水刀，用锋利的刀刃刺开了潜水衣。冰凉的海水涌进来，巨大的浮力立刻把昆塔直送海面。

昆塔猜得一点也没错，正是吉斯放开了手中的转轮，割断了昆塔头盔上的这根氧气管。随后，吉斯又从船舱里拎出一大桶红色的液体，倒入海中。这种红色液体是海豹血，海里有一种虎鲨，嗅觉异常灵敏，闻到血腥味就会蜂拥而至。吉斯这种做法极其险恶——就算昆塔挣脱潜水衣也休想浮出海面，虎鲨会把他撕得片甲不留，昆塔根本就没有生还的可能。为了这箱还未见过的珠宝，吉斯已经丧失了人性。

此刻，吉斯发了疯似地拽那条连着箱子的绳子，一点一点把箱子提上了船。箱子十分沉重，可吉斯却一点也感觉不出来。他提着箱子进了底舱，借着昏暗的灯光，贪婪地抚摸箱子的花纹。他猛地一拉箱盖，谁知箱子盖得很紧，没有打开。吉斯不甘心，于是走上船甲板想找一些工具。谁知刚走近船舷，意想不到的事情发生了——海面上一条黑影闪过，一只大螯狠狠地夹住了吉斯的右腿。吉斯几乎懵了，他忍着巨痛定睛一看，只见一个足有井盖大的螃蟹趴在船舷上，正用大螯夹着他的腿，把他一点一点往海里拖。

吉斯脑袋里一片空白，他知道今天必死无疑。原来这个怪物叫食人蟹，是海里最可怕的杀手，平时不轻易袭人，但只要一闻到血腥，就立刻会变得暴躁和凶残，有时会把整只小船掀翻到海底，人一旦成为它的攻击对象，几乎就没有生还的可能。

"救命啊！"吉斯紧紧抓住船舷铁栏大声呼救，可方圆几十海里根本没有人的踪影，又有什么用呢？吉斯绝望了，不知为什么，这时他想起了昆塔，他腿上滑落下来，他绝望地闭上了眼睛，手一软，松开了铁栏。正在这关键时刻，突然一把大斧头向食人蟹的大螯狠狠劈来，蟹螯被劈开了一条口子，食人蟹顿时松了劲，吉斯顺势收回那条血淋淋的右腿。吉斯无论如何也不敢相信自己的眼睛——是昆塔提着斧子，像巨人一样站在食人蟹的面前。难道这是昆塔的鬼魂？就算他能挣脱潜水衣，躲过虎鲨，也绝没有可能从海里跃过近三米高的船舷爬上船来。

昆塔一边用斧子迎挡着食人蟹的进攻，一边拎起吉斯把他推向底舱，随后，他又勇敢地向食人蟹冲过去。食人蟹的巨螯向昆塔挥来，昆塔灵巧地跳过了，但巨螯上的尖刺仍狠狠地刺进了他的胳膊。他顾不上疼痛，冲到食人蟹面前，对着这个怪物黑色的背壳，用锋利的斧子狠狠地劈了下去。只见食人蟹的巨螯疯狂地挥舞着，可无论如何也打不到近在眼前的昆塔身上，只好大口吐着肮脏的泡沫，喷了昆塔一头一脸，最后，这个怪物翻滚着落入海中。昆塔当机立断，一个箭步冲进驾驶室，开足马力把电机船向近海驶去，受了伤的食人蟹会招来上百只同类，到那时就谁也对付不了了。直到看见海边的绿树和房屋时，昆塔才长长舒了一口气。

昆塔走进底舱，他看到吉斯的脸色像死人一样灰暗，两人相对而久久无语，底舱里一片寂静。昆塔终于说："明天我们把机船卖了，钱一人一半，好好打渔，别再做这些既危险又违法的事情了。"昆塔说完正想离开,吉斯猛地拽住昆塔,忍不住小声说:"我真不明白,你是怎么上船的,难道你生了翅膀不成?"昆塔盯了他一眼,慢慢说:"吉斯,你听好,我告诉你,我妻子已经料到你会对我下毒手,所以事先给我带了一小瓶救命的氧气。但是她没料到你会斩尽杀绝往海里倒海豹血,成群的虎鲨疯狂地袭击我,使我根本无法浮上水面。无奈我只好重新潜回海底,躲进了那只箱子里。也是我命不该绝。正当氧气快用完时,你就把我当成珠宝拉上了船。你明白了?"

吉斯羞愧地低下了头。昆塔站起身,大步走向船头。正在这时,吉斯从嗓子里挤出一丝比蚊子还小的声音:"昆塔——"昆塔站住了。吉斯咽了一口唾沫,说:"我对不起你。但我很想知道,那、那箱子里的珠宝呢……"

昆塔猛地转回身,轻蔑地看着这个昔日的朋友,一字一顿地说:"上帝都在看着我们。那箱子是空的!"说完,昆塔头也不回地走了。对于今天发生的事情,他再也不想向任何人提起。

(文　华)
(题图:箭　中)

蜂葬

当初，大批城市知识青年到边疆插队落户的时候，云南边陲小小的勒龙寨就被安置了几十号知青。这里是个穷山寨，村民们本来就过着缺衣少食的日子，现在一下子增加了这么多张嘴，那还了得？几个月一过，人人肚子瘪得像野狗，大家把全部的智慧、胆量都用在找吃的上了。

在这饥饿笼罩的寨子里，跛脚三叔可算是个例外人物。一则，他是个光棍，一人有食全家不饿，不像别人拖家带口的；二则，他凭着点小狡黠，加上跛脚残疾，可以赖掉点集体的活，腾出时间给自己弄吃的；三则，他还真有几下绝招：安个夹子捕几只野兔，挖个陷阱逮只狍子，爬上树干把还未睁眼的小山鸡连窝端下来。当然，他是绝对舍不得把弄吃的绝活传授给那些饿得眼睛发绿的知青们的。

这天,三叔瞅空子又去山里溜了一圈,带回一个碗口大的小蜂巢,用开水一烫,里面白色的蜂蛹就全出来了,他找出一点菜油,把蜂蛹炸得金黄,吃了几颗,剩下的盛在碗里,准备留着慢慢品尝,谁知碗还没放好,隔壁知青点的那帮娃子们闻着蜂蛹的香味,全冲进屋来,他们拿起蜂蛹一嚼,都叫了起来:"太好吃了!"确实,这炸蜂蛹的好滋味没法形容,比花生米还要脆,比花生米还要香,这种香味奇异无比,任何肉类都不能与之媲美,吃了真叫人永世难忘。眨眼间,三叔舍不得吃的这碗炸蜂蛹,被知青们抢了个一干二净,有一颗掉在地上被踩扁了,里面的油都流了出来,只剩下一个瘪壳,知青队长王海还是舍不得,捡起来吹上面的灰,吃下肚去。

三叔心里舍不得,嘴上又不好说,他见知青们馋成这副样子,眨眨小眼睛,狡黠地说:"好吃吧?这是蜂崽,还没长翅膀的牛角蜂的蜂崽。告诉你们,后山陡岩子上,挂着一个几十斤重的大蜂巢。要是弄下来,嘿,你们所有的人就是把裤带松下来,也吃不完!"

知青们听得直发呆,好一会才回过神来,央求三叔去弄下来。

三叔撇撇嘴说:"我老了,爬不上陡岩子,腿也跑不快。你们想吃,可以自己去试试嘛,就看你们有没有胆量了。"

王海拦住了同伴们的嚷嚷,问:"三叔,怎样才能把蜂巢弄下来?"

三叔扫了他一眼,眯着小眼说:"真有胆量?那好,我教你们。"于是,他便一本正经地给知青们介绍起来:"捅蜂巢要胆大心细,先把人从岩顶上放绳子吊下去,然后用火把在蜂巢下面烤,蜂子围上来时就用火把挥,这时候即使被蜂子蛰着也得忍着,用火去烧它们,直到蜂子发不出声音为止。然后,你们用竹片去捅蜂巢的根郡,捅准了,蜂巢就会掉下来。

再安排几个人在下面扯紧一条被单候着,要不,蜂巢掉在地上,会摔成一摊又稠又黄的浆,蜂崽就吃不到了。"三叔说完,拍拍王海的肩,"师傅领进门,修行靠自身。有没有口福就看你们自己了。"

三叔走了,王海他们的胃口却被吊了起来,大家围在一起,商量了大半夜。

第二天下午一收工,知青们果真带着准备好的工具,兴冲冲地朝陡岩子进发。三叔看着他们神气活现的样子,心里暗自得意:你们就知道吃吃吃,哼,那牛角蜂岂是轻易惹得的?老水牛都怕被蛰上一口,等会看你们哭爹叫娘吧!可是,他看着知青们气昂昂的背影,突然心里一个激灵:这是些孩子!他追上去,大声朝他们嚷着:"记住,万一蜂群烧不死,追着人蛰,那就赶快跑,岩子前面有条溪水,人往水里躲,把整个身子都浸在水里,头上戴上斗笠,就安全了。"

"知道啦!"王海和他的那帮同伴们回头朝三叔扮了个鬼脸,雄赳赳地转过山嘴,一下就没了影。不知怎的,三叔突然心里觉得空落落的,于是就弓着腰,跛着腿,从另一侧绕过去,找个草深的地方趴了下来。他原本是想看这帮娃娃们的笑话的,可现在却不知怎么有点后悔。唉,我真是老糊涂了,怎么会给他们出这个主意?万一真要被牛角蜂蛰了,怎么办?

这时候,知青们已经来到了岩脚下,一看,那个陡岩子,中间凹进去,足有二十来米高,在上半部的陡壁上,果真悬着个大蜂巢,像是一个塞满东西的破麻袋。知肯们稍稍商量了一下,就分成两拨人马,一拨拿了绳子、火把随王海上岩顶,另一拨人抓住被单角,随时准备在下面接胜利果实。

王海不愧是知青们的队长,担当起了最重要也是最危险的角色。

只见他腰拴绳子，手握火把，被同伴们一点一点从岩顶往下放，你看他两脚踩在岩壁上，稳稳地正一步一步接近那个大蜂巢。三叔不由暗暗喝了一声彩："这城里娃，不简单！"然而，就在王海即将和蜂巢平齐，正要用火把伸向蜂巢底部时，突然，他脚踩的那块岩石掉了下去，身子顿时悬在了空中。几乎是与此同时，蜂子受到惊动，炸群了！成千上百只牛角蜂"嗡嗡嗡"地蹿出了蜂巢，那低沉而恐怖的振翅声，连躲在岩底草丛中的三叔也立刻吓出了一身冷汗。

半空中的王海惊呆了，眼前密密麻麻的蜂群，就像一条深褐色的厚毛毯朝他裹来，"啊！"他被蛰得杀猪般地嚎叫起来，但是他还是拼命地挥舞手中的火把，驱赶周围的蜂群。可那又有什么用呢，数不清的被烧死的牛角蜂像小石子似的掉下岩底，而更多的蜂子却更疯狂地向王海扑来。

三叔急疯了，立马从草丛中跳出来，一边冲向岩顶，一边高叫着："快拉绳子，快拉绳子！"可当他冲上岩顶时，他见那帮知青在蜂群的袭击下，已经惊慌失措地捧着头，没命地往前面的溪水奔。他叹了一口气，赶紧一把握住一头拴在树上的绳子，用尽全力一点一点把王海往上拉。他探出头拼命朝王海喊："娃子，顶住！"

这时候，三叔的眼前出现了悲壮的一幕：成千上百只牛角蜂继续在围攻王海，可王海还是顽强地握着手里的火把，拼命地挥舞着。不一会儿，他的手背麻木了，火把掉了下去。"娃！"三叔心疼地大叫一声。此刻，他眼里的王海已经不是那个平时他看惯了的娇嫩娃了，他看到王海虽然失去了手里的武器，还用两只脚狠命地踹蜂巢的根部。终于，巨大的蜂巢脱离了岩壁，"砰"的一声掉入了岩底！

蜂群被激怒了，"轰"的一声像一股浓烟，无数的蜂子顿时从岩底直朝王海蹿来。就在这时,三叔已拼尽全力把王海拉上了岩顶,他飞速地替王海解开缚在腰间的绳子,推了他一把:"快跑,往溪水跑!"

王海跟跟跄跄地跑了,可三叔却站在原地没有动。他看着王海跳进溪水,又眼看那追王海的蜂群盘旋着向他扑来之时,他才一跛一拐地朝另一个方向跑去……

天渐渐地黑了,直到最后一只盘旋在水面的牛角蜂消失后,王海他们才敢上岸。知青们点燃了火把,高喊着三叔的名字,在山间寻找他的身影……可是,等他们在密林深处找到三叔时,三叔已经死了,他是被牛角蜂活活蜇死的。

第二天,知青们在陡岩子顶上找了块坪地,把三叔葬了。王海还特地将那个空蜂巢扛来,安在三叔的墓前。知青们噙着泪,心里说:三叔,安息吧,我们永远不会忘记你!

(佚　名)
(题图:魏忠善)

公平

夜深了,古里克独自一人坐在自己书房的地板上。他是声名显赫的拉维尔家族的第五代传人,与哥哥贝尔共同继承着家族的巨额财富。

昨天,古里克收到了一封信,是当地最著名的杀手集团——天使公司用小飞镖"送"来的一张黑色的纸,上面写着触目惊心的两行白色的字:平安夜十二点,你会平安到达天堂。

今天就是平安夜。而现在,古里克听到时钟已经敲了十一下。

古里克一动不动地坐在那里。他的面前有一架天平。几分钟后,古里克缓缓摊开右手,只见他掌心上有一颗红宝石在黑暗中熠熠生辉。他把宝石放在天平一端,那天平猛地一沉到底。古里克满足地笑了,他一边往天平另一端加砝码,一边喃喃自语道:"鸽血红啊,鸽血红,你这世上独一无二的宝石,你这拉维尔家族的象征!你只有展现在我面前时才最动人!"

古里克全神贯注地盯着天平上的鸽血红,两只眼睛里似乎燃起了熊熊火焰。他心里明白,天使公司一定是受自己的亲哥哥委托,要来夺回这颗价值连城的红宝石。收到那封信后,古里克第一个念头就是要带着宝石逃走,但他随即发现,自己已没有可能再走出这栋别墅了。天使公司的人已经在这里,他们是非常守时的一群职业杀手,绝不会误点工作。他们一向事先通报,并总能准时完成任务,而且还能逃过警方的追查,这是他们高超的艺术……

时钟分分秒秒地走着。古里克的脑子里飘过好多念头,最后,他集中注意力设想天使公司的人会用什么方式结果自己。

钟声打断了古里克的思索,啊,已经十二点了!古里克死盯着房门,手心里已汗水淋淋。

屋子里静极了,唯有钟声回荡着。

古里克听到自己的心跳,他不敢眨眼,等待着门被打开的那一瞬间。

然而,十分钟过去了,门还没有打开。

古里克逐渐松弛下来,禁不住欣喜地笑出了声。他心想:也许是计划取消,也许是贝尔良心发现,念在兄弟情分上不杀我了……整整一天的极度紧张使现在的他忽然感到异常困倦。古里克禁不住困意,迷糊着眼盯着眼前的红宝石,竟渐渐睡着了。

不知过了多久,一个冷冰冰的东西顶上了古里克的额头。古里克一个寒颤,从睡梦中醒来。

他看到面前站着三个身着白衣的人,在他们背后,走出一个穿黑西服的人,那就是他的哥哥——贝尔。

贝尔走到古里克面前,顺手拿起天平上的鸽血红。天平马上向一侧倾斜,重重地发出响声。

"兄弟,我们又见面了,"贝尔并没看着古里克,而是仔细端详着手中的鸽血红,说,"你知道。虽然我是你的亲哥哥,可我也没办法,谁叫父亲把财产都给你呢?而你又不知安分,竟偷走这颗红宝石!"贝尔把视线转移到古里克身上,继续说,"不过,没关系,大不了用我雇杀手的钱做你的安葬费吧。安息吧,我的好弟弟。"

古里克看了看贝尔手中的红宝石,忽然冷笑一声,说:"你们不是最准时的吗?今天怎么迟到那么久?"

一个白衣杀手开口了:"没错,我们是最准时的。昨天,你的钟已经被调快了一小时,现在才是十二点。"

另一个杀手接着说:"我们猜想你房间里可能会有定时炸弹,所以才这么做的。"古里克一边把天平上的砝码一个个拿起来,一边问:"那么,你们认为这么做公平吗?"

杀手们一起冷笑。

贝尔说:"公平?哼,世界上没有公平,有人一出生就拥有财富及智慧,有人则要忍受苦难,人从出生起就不公平。"

古里克继续问:"那死亡呢?死亡总是公平的吧?"贝尔笑了:"是啊,人们说死神是最公平的,"他朝白衣杀手点了点头,说,"我这就送你去死吧!"

"砰!"枪响了。古里克手里的最后一个砝码滑落下去,"咚"的一声掉在地上。伴着这声响,天平又平衡了。

贝尔阴冷地笑了。他和几个白衣杀手转身要走。他们正要打开房门,忽然，房间爆炸了。他们没有料到，炸弹被固定在古里克的脉搏上，一旦脉搏停止跳动，炸弹就会自动爆炸。

没人能活着走出这房间。古里克说得对，世上只有死，才是最公平的。

（柯善香　曹　昊）
（题图：箭　中）

漂亮的一跃

莱尼和他的老搭档彼得是穿着体面的职业窃贼。他们总是穿着西服，打着领带，有时还戴着软呢帽。他们有自己的规矩，那就是只偷有钱人。

这年冬天，他们来到一个陌生的北方城市，经过仔细的踩点，他们选择了一幢高级公寓。在一个没有月光的夜晚，莱尼他们撬开公寓大门，没发出一点声响就进了屋子。

此刻，公寓的主人卡洛威先生正在书房里打着盹，两个窃贼很快制服了他，莱尼把卡洛威拖到壁炉架边，逼他说出保险柜的密码。

卡洛威先生惊恐地说："不! 你们不能抢走我的钱。我不会让你们……我……"

"啪"的一声，没等卡洛威说完，莱尼用枪托重重地击在了他的后脑勺上,卡洛威"砰"的一声倒在地上断了气。

彼得紧张地看着莱尼,小声责怪道:"你为什么要杀了他,这不是自找麻烦吗?"

莱尼不耐烦地挥着枪,说:"少啰嗦,你这个笨蛋。快把保险柜弄开!你要再唠叨一句,我让你和这老东西一样!"

彼得知道莱尼心狠手辣,他不敢再多嘴,忙在保险柜边蹲下。彼得是个开保险柜高手,他动作精准,左拨右转。十分钟后,柜门终于被打开了。然而就在莱尼伸手拿钱的时候,突然,一阵刺耳的警报声响了起来。

莱尼向后闪了一下,惊恐地看着保险柜,原来保险柜的门上连着报警装置,他马上命令彼得:"你赶快去发动汽车,等我拿了钱,咱们就跑!快!"

几分钟后,两个窃贼驾着马力强劲的跑车冲上了公路。一路上莱尼不断催着彼得:"快开,脚别离开油门!我们唯一的机会就是冲进主干道,消失在车流中!"

这时,警笛声在车后响了起来。不一会,从后面追来的警车上传来了三声枪响,莱尼他们汽车的轮胎被射中了,车头一歪,一头冲进一条水沟里。

莱尼和彼得两个人从车里钻了出来,顾不上检查一下身上有没有受伤,莱尼抓起那包抢来的钱,跑上了小路,彼得紧紧跟在他的后面。

他们拼命地跑着,这时前方出现了一座大桥,两人很快跑到了狭陡的桥旁,莱尼停了下来,他转向彼得,恶狠狠地说:"警察在车里找不到咱们,一定会顺着这条路追上来!咱们靠两条腿肯定跑不过他们,所以现在只有一种选择:我们只能跳下河去游水逃走!"

"跳下河去？"彼得犹豫了，他瞅瞅漆黑的四周，惊慌失措地说："不、不！天这么黑，这么冷，我不跳，我不会游泳！"

莱尼冷冷地看着彼得，说："不跳也得跳！我才不在乎你会不会像石头一样沉下去，但我不能让你留在这儿把警察招来！"

彼得从莱尼那冰冷的语气中听出了什么，他倒抽了一口冷气，猛地转过身，拼命向远处的桥头跑去。

莱尼毫不犹豫地朝彼得的后背开了两枪。

这时，警察们冲了过来，一名警官喊道："别动……否则我要开枪了！"

"留着你的子弹吧，警察！咱们就此告别！"莱尼曾经练过跳水，所以向远处挑战似的大声嚷着，然后纵身就往桥下一跳，在空中他还夸张地来了个前空翻，这真是漂亮的一跃……

很快，警察们赶到了桥上，他们伏在桥栏杆上，打开强光手电向下一照，不禁都惊呆了：莱尼最终没能跑得了。他连个水花都没溅起来。他摔在了河面上，桥下传来了骨头折断的声音。

原来，这条河早已结了厚厚的冰！

（编译：高　宇）
（题图：安玉民）

别叫我大姐

我只身一人在深圳打工,想租一间便宜的房子住,于是我找到房屋中介。中介告诉我,正巧有一套简陋的两室,房屋很小,但是配置比较齐全,还带有一个小小的卫生间。中介指着我旁边的一个女孩,说她叫于小文,可以和她合租,这样租金分摊下来就更便宜了。我有些犹豫,因为我神经衰弱,很怕吵闹,一点噪音都会影响我的睡眠,我不想和女孩合租,但一个人租两居室,租金不便宜。

正在我左右为难时,中介说于小文安静得不得了,保证不会打扰我睡觉。我打量着于小文,她二十出头,衣着朴素,举止局促,一看就是个刚从农村来的打工妹。我对她一下子就有了好感,便同意合租了,我住里面一间房,于小文住外面一间,靠着卫生间。

于小文果真很安静，无论她出门有多早，回来有多晚，总是悄无声息的，从来没有搅醒我的美梦。小文总是不大说话，有一次，我忍不住说："小文，别听说我睡觉怕吵，你就草木皆兵，什么时候都不说话啊！"

小文红着脸，低着头，小声地说："我们农村人说不好普通话，难听死了，说了怕你听不懂，也怕你笑话。"听着小文那发音独特的家乡话，看着她乖巧的模样，我被逗乐了，我们就这样相安无事地过了五天。

这天晚上，我不太舒服，便早早地回卧室睡觉了。不知什么时候，只听见门外传来"扑通"一声巨响。我被惊醒，竖起耳朵细听，我的寒毛都竖了起来，是小文的声音！那声音痛苦而微弱，分明在喊着："打劫！救命！"

我从床上跳下来，哆嗦着身子，来到房门前，屏住呼吸，把耳朵贴在门板上细听，小文的呼救声又响了起来："打劫，救命！"还伴有挣扎的声音。

天啦！屋里什么时候进歹徒了？小文她被歹徒控制住了！我正准备拉门而出的时候，手突然软了下来。如果我这个时候开门出去，歹徒可能会先杀小文，然后再杀我。我不敢开门，就想打电话报警。

我哆嗦着双手，寻找着手机，可糟糕的是，手机放在外面小客厅里。我只好在心里祈求小文的宽恕：小文，原谅大姐，其实我是想救你的，但是现在的情势……下意识里，我哆嗦着双手，把卧室门锁又上了一道保险。

门外又传来了小文更微弱的声音："打劫！救命！"那声音像锋利的小刀割在了我的心上，但最终，我还是一动不动，任凭小文的呼救声越来越小。

突然，门外传来一声巨响，好像是凳子倒地的声音，我的脑海里放映着小文被歹徒击倒的血腥场面，我吓得瘫软在门前的地板上，大气也不敢出一口。庆幸的是，我没有惊动歹徒，他没有破门而入。

我屏住呼吸，探听着外面的动静，门外仍有声响，显然，歹徒还是没有离开，危险还是存在着。我只能老老实实地靠在门框上，静观其变，千万不能打草惊蛇！

过了很长一段时间，天色渐渐泛白了，歹徒始终没有破门而入，门外也早已没有了动静，我渐渐地平静了一些，紧绷的神经也松懈下来，开始觉得有些不太对劲，为什么这么长时间歹徒只会在门外行凶而不破门而入？

突然，我闻到了一股刺鼻的煤气味，这时，我再一想小文那求救声，顿时打了一个激灵，小文之前的呼叫声"打劫，救命！"应该是"大姐，救命！"我把她浓重的口音中的"大姐"听成了"打劫"。反应过来后，我迅速打开房门，果然一股刺鼻的煤气味扑面而来。我打开门窗后，跑到小文身边，她浑身赤裸地趴在房间的地板上，旁边有被翻倒的凳子。

原来，小文卫生间洗澡时，被煤气熏倒，凭着强烈的求生意念，慢慢爬出了卫生间，想向我这个大姐求救，她看我很久也没出来，似乎没听到她的求救声，便用尽最后一点力气推倒了凳子发出声响，想唤醒卧室里的我来救救她。此时，小文紧闭着双眼，小嘴痛苦地张开着，一动也没动，我慌忙拨打了120，救护车赶到时，屋里的煤气已经散去，但小文却再也没有醒来……

警察来现场调查，确定小文的死亡属于煤气中毒事故。我和小文合租的简陋房子，因为年久失修，热水器的导气管已经老化，小文当天晚上回来打开煤气洗澡，导气管终于不堪重负，开裂漏气了……其实，当小文向我这个"大姐"求救时,我只要打开房门冲出去,悲剧就可以避免,而我凭空想象了一个穷凶极恶的抢劫犯,我被自己吓倒了。

从这以后,每当别人喊我"大姐"的时候,我的心总会抽搐般的绞痛,因为善良的小文,更因为我自己心里那个曾经自私、胆怯的恶魔。

(张庆萍)
(题图:安玉民)

寻访鬼镇

阿布迪斯是一名警察，性格开朗豪爽，待人热情。他退休后，驾着一辆老爷车周游全国。这天，他来到了一座名叫卡留尔的城市，在酒店吃饭时，他向邻座打听附近有什么地方奇特好玩，值得一游。邻座沉吟片刻，说："离这二十多公里，有一座小镇，十六年前，一场奇怪的瘟疫夺走了五十多条生命，其余的幸存者纷纷离开这里，只有老镇长不愿离开，在镇上开了家酒店。听说那五十多个冤魂经常回镇上闹腾，弄得人心惶惶，所以大家都叫它鬼镇。"阿布迪斯听了心头一动：他活到了六十岁，还没见过鬼哩！这次倒要见识见识。邻座劝他："先生，您最好别去那儿，万一被鬼魂缠上，那就麻烦了。"阿布迪斯谢了邻座的好意，但他执意要去鬼镇瞧瞧。

第二天天刚亮，阿布迪斯准备就绪，便驾车开往鬼镇。出城没多远，四处突然浓雾弥漫,让人分不清东南西北。就在这时,阿布迪斯突然听见路边的密林中传出一阵阵尖叫声:"救命啦!"他一听是女人的声音,便毫不犹豫地停车,拔出手枪,冲入林子。林中浓雾重重,阿布迪斯提着心悬着胆,额头上冷汗直冒,握枪的手也是潮乎乎的。他搜寻了老半天,总算在一棵大树下看见了三个人:两名男子正拿着匕首,一步步逼向一个娇丽的金发姑娘。阿布迪斯大怒起来,喝叫一声:"混蛋,住手!"那两个歹徒一惊,转过身来,恶狠狠地骂道:"老东西,快滚开,不然有你好瞧的!"

阿布迪斯端着枪,口气严厉地说:"都给我把手举起来,不然别怪我不客气!"歹徒哪服这一套,凶神恶煞般地向阿布迪斯扑来,阿布迪斯冷笑一声,"砰"地对着其中一个家伙开了一枪,枪声刚落,咦,那家伙突然像蒸发了一般,不见了。再一看,另一名歹徒也不见了,更怪的是,那姑娘居然也无影无踪了。阿布迪斯惊呆了,心里犯起了嘀咕:那两男一女都是鬼魂哪!

阿布迪斯走出密林,来到公路上,发现他那辆老爷车不见了,这到底是怎么回事?虽然那车又破又旧,值不了几个钱,但毕竟是自己心爱的东西,莫名其妙地丢了,他心疼得不得了!

车没了,阿布迪斯决定步行赶往鬼镇,于是,他一路走着,中午才到了那里。阿布迪斯打量一下,镇子不大,零零落落的一些老式房子,全都东倒西歪、破旧不堪。说来也怪,刚才还是晴朗的天空,忽然间阴云四布,还不时刮来阵阵冷嗖嗖的凉风。街上行人不多,偶尔能看见几辆车子驶过,瞧这些人的神情,大概也跟阿布迪斯一样,是来鬼镇旅游的。这会儿,阿布迪斯又饿又累,他找到了那位老镇长开的酒店。看样子,老镇长已经七十多了,白发苍苍,但精神很好,他名叫塞韦,虽然来鬼镇的人不多,但整个镇子只有他一家酒店,所以还能勉强糊口。阿布迪斯走进酒店时,里面只有三四个顾客,塞韦正坐在吧台后面,他热情地问:"先生,您想来点什么?"

阿布迪斯点了些酒菜,风卷残云,很快吃光了,这时,店堂里只剩下他了,他不想走得太早,既然来了,就在这里住上一宿,见识一下那些鬼。

塞韦走了过来,他让阿布迪斯早点离开,他说:"实话告诉您,十六年前的今天,也就是8月17日,是本镇的灾难日,58个人24小时内全部死了。以后每年的8月17日,那些鬼魂全都要回来聚会,所以,您最好马上离开,免得让鬼魂缠上。"

阿布迪斯笑着摇头说:"塞韦先生,我就是想见见鬼魂才来的,无论如何让我留下吧!"

塞韦答应了,他告诉阿布迪斯,在这鬼镇得多长个心眼,因为人鬼混在一起,稍不留神就会撞到鬼,而且见到了鬼,最好别跟它说话,有一些厉鬼爱害人,万一被鬼魂缠上,那就惨啦,不死即伤;而有些鬼生前爱恶作剧,死后也改不了这臭脾气,喜欢捉弄人,比方说故意设些圈套引人上钩……阿布迪斯说起密林中遇到那两男一女和车子离奇丢失的事,塞韦听后大笑:"准是他们干的,您请放心,他们只是开开玩笑。"接着,塞韦将辨别人与鬼的秘诀说了一遍,阿布迪斯牢牢记在心里。

不知不觉中,一个下午很快就过去了。天黑时,塞韦准备了很多酒菜,说是要宴请那58个鬼魂,阿布迪斯躲在吧台后面偷偷瞧着……

没过多久,一群人前呼后拥地走进酒店,这些人当中有男有女,有老有少,穿着打扮十分土气,一个个面色苍白,神情呆板。塞韦热情地跟他们打招呼,安排他们就餐。这群人坐下后就毫不客气地大吃大喝,阿布迪斯在一旁看着不由得心惊胆战:他根据塞韦介绍的方法,判断出这群人全都是鬼，其中三个就是在密林中见到过的。

这些鬼吃饱喝足后，不声不响地走了，阿布迪斯这才从吧台后站起身来，这时，他发现塞韦神情忧郁，便走上前去关切地问："塞韦先生，您怎么啦？"塞韦长叹一声，说："唉，每年的今天，我都深深地自责，说起来都怪我不好，十六年前，如果我能够阻止那家生物化学公司在本镇开办研究所，那58个市民也不会死……"

"塞韦先生，您能不能说得更详细一点？"

塞韦告诉阿布迪斯：十六年前，一家名叫安蒂诺里的生物化学公司，取得政府的同意后，在镇上办起了研究所。不久，一场突如其来的瘟疫降临了小镇，一天之间便夺走了58条生命。事后，安蒂诺里公司闪电般地撤走了研究所。后来塞韦经过调查，怀疑这场瘟疫就是那家研究所带来的灾祸。

第二天一大早，阿布迪斯吃完早餐，向塞韦告辞后，便走到大街上。他的运气不错，正巧有辆轿车经过，开车的是个长着络腮胡子的中年男子，他十分热情，一口答应了阿布迪斯搭车的请求。

轿车刚驶出鬼镇，突然。一个身穿白色连衣裙的姑娘拦住了轿车，络腮胡子好奇地问："小姐，您想干什么？"那姑娘笑着说："不好意思，先生，能让我搭您的车吗？"她的声音清脆动听，笑起来更是令人荡魂落魄，络腮胡子刚要答应，阿布迪斯大叫一声："甭理她，快开车！"络腮胡子稍一迟疑，立刻发动车子，像一阵风一样离去了。

到了卡留尔市，阿布迪斯刚下车，络腮胡子把他叫住了："我还是没弄明白，刚才您为什么不让那姑娘搭车呢？"

说到这事，阿布迪斯还是心惊肉跳的："塞韦先生告诉过我，判断人和鬼的方法就是看脚脖子，如果脚脖子上绑着一块写有号码的白布条，那就是鬼。"原来，在十六年前的那场灾难中，因为死的人太多，为了便于及时辨认尸体，有关部门在死者的脚脖子上绑上了白布条，白布条上写有编号。

络腮胡子听到这里，笑了起来，说："就是这种白布条吗？"说着，他撩起裤子，露出脚脖子上一根写着"23"的白布条。

阿布迪斯吓得魂飞魄散，等他醒过神来，络腮胡子和那辆轿车全不见了，过了老半天，他才回过神来，懵懵懂懂地朝前走去，走了没多远，他一眼瞧见了自己那辆心爱的老爷车，它正停在路边！怪啦，这车怎么跑这儿来啦？

后来，阿布迪斯将全部的精力，投入到调查"鬼镇"上发生的那场奇怪的瘟疫中去。经过一年多的艰苦努力，终于真相大白：十六年前，那家安蒂诺里生物化学公司偷偷替军方试制一种新型生化武器，由于管理人员一时疏忽，用于试验的几只白老鼠从实验室逃出，它们身上携带着一种可怕的瘟疫病毒，结果传染到了人身上，于是，惨剧就发生了。事发后，当局想尽一切办法掩盖了事情的真相……

阿布迪斯将内幕公布于世，一时舆论大哗，当年那帮丧尽天良的政府官员，和安蒂诺里公司有关责任人都被绳之以法。

半年后，阿布迪斯再次前往"鬼镇"时，有人告诉他，那地方已经风平浪静，再也见不到半个鬼魂了。而且，他还得知：那场惨祸发生后不到一年，老镇长塞韦就郁郁而终，所以，他和许多旅客见到的，其实是塞韦的灵魂……

(徐 彦)

(题图：魏忠善)

江湖救急

来者不善

南城大大小小的企业星罗棋布。其中有家小厂，厂主姓刘，人称老刘。老刘会经营、善管理，又懂得技术，把个小厂打理得红红火火。这天下午，员工们都在各自忙碌，办公室里，老刘一边审核图纸，一边哼着小曲，畅想着美妙"钱"景。小老板都这德性，有点订单做就幸福得不行，以为要发达了。

就在老刘得意忘形之时，只听"咣当"一声，接着，两个黑衣汉子大摇大摆闯了进来。这两人一个瘦高一个矮胖，乍一看，还以为是林子祥和郭德纲一块来了呢。

那瘦高个子，嘴唇上留一抹小胡子，身穿黑色西装，颈挂粗金链，腕戴金壳表，夹着个手包，一副大哥派头。再看那矮胖子，光头造型，一身黑色运动装，手上拿着一卷报纸，一脸横肉，眼露凶光。看扮相，毫无疑问，这两位是"道上的"；看神情，正应了那八个字：来者不善，善者不来。

老刘很惊讶，他觉得自己为人还算谦和，遇事也能忍让，从不过问江湖是非，更没结交道上朋友，怎会招来如此凶神？找错人了吧？如今砍人都有砍错的，找人找错了有啥稀奇？

这时，小胡子走过来冷冷地问道："你就是刘老板吧？"

老刘急忙站起来，努力挤出一张笑脸说："我是，二位有何贵干？"

小胡子使了个眼色，光头二话不说，从报纸卷里"唰"抽出一柄尺把长的片刀，"砰"一声猛砍在大班台上，刀刃吃进台面，片刀立在桌上，微微颤动，嗡嗡作响，寒光摄人心魄。老刘没有一点心理准备，当场就吓懵了。

说起来，老刘在南城混迹多年，比这骇人的场面不是没经历过。有一次，老刘走在街上，忽见几个人旋风般的从他身旁掠过，紧接着，后面几十个人挥舞刀枪，喊打喊杀朝那几个人追过去。不一会儿，被追的那几个不见了，追人的那伙也消失了，市面又恢复平静，但地上却多了两样血淋淋的东西：一只断臂，上面还带着袖子；一片耳朵，新鲜的人的耳朵……

相比之下，眼前这一幕实属小儿科，但老刘却感觉更吓人，毕竟上回是打酱油，这次自己却是局内人呀！

就在光头挥刀砍桌的同时，旁边的文员吓得一声尖叫。这叫声提醒了老刘，他认定对方大动干戈，是冲自己来的，没必要让这丫头陪绑，于是说："这儿没你的事，你出去吧。"老刘一边说一边朝文员挤眼，暗示她出去后召集车间的员工过来解围。

文员不敢马上就走，她可怜巴巴地望望光头，又望望小胡子，见二人没有反对的意思，这才像得到大赦一般，蹑手蹑脚溜了出去。可她这一走，再也没有进来。后来老刘才知道，对方足足来了十几个，大门、车间、仓库，甚至厕所都有人看守，小工厂里里外外上上下下全被控制住了。

小胡子傲慢地问："刘老板，知道为什么找你吗？"

老刘苦笑着摇摇头。

光头从桌上拔下片刀，用手在刃口上比划了几下，不阴不阳地说："这东西顺手得很，今天开不开荤，你刘老板说了算。"

老刘不由想起曾经目睹的断臂和耳朵，顿时毛骨悚然，脑袋根本没法转圈了。

小胡子在办公室里踱起了方步，他踱了一圈，突然问道："认识张老板吗？"

老刘无力地靠在大班椅上，嘴里喃喃说着："张老板，哪个张老板？"

小胡子从手包里拿出一张字条，用力拍在大班台上。老刘见字条上写着："刘老板，贵厂所欠款项委托此人清收，见条即付。中力公司张小姐。"老刘这才明白，原来是她！

强势女人

张小姐芳名一个丽字，在业内，是赫赫有名的女强人，白手起家的典范，以胆大、泼辣、强势著称。她曾是内地棉纺厂的纺织女工，三十岁那年下岗，孤身一人来到南城闯荡，经过数年打拼，开了家"中力"公司，专门销售机床。

中力不大，但生意做得红红火火，在圈子里小有名气，秘诀有两条：

对内，给销售人员高额提成；对外，搞分期付款，并且无须抵押。老刘付十四万首期，从中力购买了一台连本带息总价为五十万元的机床，双方约定，每月还款三万，一年还清。

可半年不到，机床出现质量问题，中力派来工程师维修了好几次，问题都没解决。随后中力方面提出，往后上门一次，无论修没修好都要收三千元维修费。这下老刘不乐意了，明明东西还在保修期内，凭啥要付钱？可没想到中力还留了一手：他们为了防止客户跑单，在机床里安装了计时器，以三十天为一个周期，时间一到，机床自锁不能工作，等到客户付款后方才解锁，然后重新设定三十天时限，以此类推，直到余款付清。

于是，双方这么僵持着，几十万的机床便成了聋子耳朵——摆设。

后来，老刘费尽周折，联系到另一家机床公司的资深工程师，许以万元的好处费，终于修好了机床，卸掉了计时器。这么一来，中力再也拿捏不住他了。此时，尚有二十万余款未付。老刘认为自己被迫修机床、找外援、买配件搭上的十万元应该由中力来承担，所以只同意付一半十万元。这时，又轮到张丽不肯让步了，双方再次僵持不下。张丽恼羞成怒，撂下一句狠话："老刘，你给我等着！"

老刘哪肯服软："等着就等着。"结果，就等来了道上的瘟神登门。

老刘这正回忆着，小胡子的一句话瞬时打乱了他的思绪，让他吃惊万分。小胡子说："张小姐告诉我们，你欠她三十万。"老刘赶紧声明，债务标的是二十万，不是三十万，而且这二十万存在争议，真正欠张小姐的，只有十万。可是，小胡子却硬邦邦地说，以张小姐说的为准，老刘说的不算。

老刘拿起手机想找张丽对质，被光头一把拉住，瞪眼责问："你想干吗?"

老刘气鼓鼓地说:"我要问问张小姐,我怎么就欠她三十万了。"结果,他拨张丽手机,关机;打公司座机,对方说了句"老板不在",就挂了。显然,张丽是在回避自己。老刘放下电话,强忍悲愤,把这场纠纷讲给小胡子听,让他评评理。

小胡子却说,他是拿人钱财替人消灾,没兴趣听谁是谁非这些破事,现在的问题是怎么还钱,扯别的没用。接着,他假惺惺地说:"刘老板,我是个通情达理的人,让你一下子拿三十万估计有困难,可以分期付款,你自己给个方案吧。"

老刘只想赶快打发这俩瘟神走路,随口应付:"十天后付……十万。"

小胡子点头又问,剩下的呢?老刘敷衍说,看情况吧。小胡子脸一沉,问老刘什么意思?老刘怕对方再生事端,只好说三个月之内解决。

"很好,你记住,我只收现金,不要支票。"小胡子凑到老刘跟前,恩赐一般地说,"看你还识相,我就不难为你了,这样吧,你拿一万块钱出来。"

老刘莫名其妙地说:"不是说好十天之内付第一笔钱吗?今天没有。"

小胡子二话不说,快步走到窗前,"哗啦"一下拉开窗帘,指着车间怒气冲冲说:"你看看,我来了多少弟兄,他们要吃饭,要喝酒,要唱歌,你讲句没钱就好了,我怎么向他们交代?"

光头拿着片刀,指着老刘,恐吓道:"前几天,有个老板欠钱不给,还挺横,弟兄们一下就火了,当场把他修理得住了医院,最后怎样?躺在病床上还得乖乖掏钱。"

老刘没辙,只好打开保险柜,把备用现金拿出来放到桌上,大约七八千元。小胡子一边数钱一边嘟囔:"就这点儿?"他威胁老刘,"我告诉你，这些是弟兄们今晚的活动经费，跟你欠张小姐的可不相干，你记住喽，三十万块一分都不能少!"说罢，把钱塞进包里。

高人助阵

当晚，老刘一肚子气恼，来到工业区旁边的一家小饭馆借酒浇愁。等情绪稍稍平复后，他把所有可能的解决方案在心里列了出来，一共是两大项四小项：

一是公了：去派出所报警或上法院打官司。可是这十来万的经济案，即使立案，警方也未必会派人来保护。至于上法院，那可是花钱、费神又耗时的事，他一个小老板能承受得了？这公了不行，只能私了。

可是，一想到私了，老刘又举棋不定了。他脑子里一个声音说：乖乖给钱吧，就当破财免灾；另一个声音说：太欺负人了，不给，再来骚扰就跟他们干。两种声音此起彼伏，两个念头交织缠绕，让他不知如何是好。

一瓶白酒下肚后，也许是酒壮怂人胆，老刘终于做出决定：决不能屈服，跟他们干！

老刘意识到，仅凭一己之力是干不过小胡子他们的，需要帮手，而且一般人不行，非得有身手好、敢担当的狠角色不可。可他想了半天，也没想到这样的人选。他灰心丧气，趴在酒桌上打起瞌睡来。在半梦半醒之际，一个名字浮出水面：大傻。老刘一拍脑门，对呀，怎么把他给忘了呢？

说到大傻，老刘想起了两年前的事儿。当时他的一位同行朋友请他帮忙解决一个技术问题，老刘坐公交到朋友厂里，却被一个黑大个儿保安给拦住,不但对老刘盘问再三,还要求老刘填写访客登记表。老刘自恃自己是"老板",又是"客人"这双重身份,岂肯屈尊。

于是两人就叽歪开了,直到动静闹大,朋友出门相迎时才告收场。这名保安便是老刘今天想起的人,外号"大傻"。

当时,朋友指着保安鼻子大骂:"好你个大傻,你知不知道,这是刘总,数控编程专家,花钱都请不来,你竟然不让进门!"大傻便站在一旁,一声不吭,任其训斥。

据朋友讲,大傻跟他的太太是一个村的,还有点亲戚关系。他们村长欺男霸女,作威作福,大傻退伍后看不过眼,就找个茬子把村长教训了一顿,也算替天行道吧。结果一脚把村长踹成重伤,判了三年。出狱后,大傻来到南城,一直找不到事做,才到他这儿当了保安。

朋友还说大傻是个练家子的,在部队干的又是特种兵,功夫相当了得,一般人挡不了他三拳两脚。以前外面有些小流氓经常调戏厂里的女工,自从大傻来了之后,逮着机会把他们修理了一顿,几个小流氓再也不敢来了。

老刘想,得罪谁也不能得罪这样的恶汉呀。离开时,他主动友好地朝大傻微笑点头,没想到大傻竟跟着出来了。老刘好生紧张,心说:这家伙要干什么,莫非是要报复吧?

谁知大傻快步走到老刘面前,规规矩矩鞠了一躬,说是为上午的鲁莽向老刘道歉,然后问他问了一个稍显幼稚的问题:数控编程难不难学?老刘想了想,说有人觉得简单,也有人觉得很难。这时,大傻摸摸脑袋说自己只念过高中,成绩还不太好,不知道能不能学会。说这话时,五大三粗的大傻竟腼腆得像个孩子。

老刘问大傻,你一个保安,怎么想起来学这个。大傻说保安这碗饭端不长，还是学点技术踏实。大傻告诉老刘，他到培训部问过，学期一个月，学费四千元，他准备报名。老刘见大傻如此上进，便鼓励他买台电脑在家自学，有问题他可以随时来请教。大傻喜出望外，高兴得又蹦又跳，连呼遇到贵人。

大傻上进心很强，读书学习有一股傻劲。由于他自身的努力，加上老刘的指点，半年后，他已经粗通数控编程。老刘明白，以大傻的水平，在南城求职很难，他便建议大傻去相对偏僻的惠城看看。大傻听了老刘的建议，很快在那儿找到工作，而且干得不错。老刘想，此番如找到大傻，大傻如能愿意帮忙，那可是天助我也。

两天后，老刘终于联系到了大傻。当大傻听他在电话里说遇到点麻烦，二话没说，答应一定来南城帮忙。

第二天中午，大傻如约而至，老刘把他拉到小饭馆，把事情原委讲了一遍。大傻听后说："没事咱不找事，有事咱也不怕事。"他要老刘立刻约对方过来。

老刘说："兄弟，是不是急了点？他们一来就是十几个，清一色的小平头黑衣裳，我们只有两人，要知道双拳难敌四手，好汉架不住人多嘛。"大傻却要老刘放心，说没事，今天打不起来，对方不会来很多人。

见面地点就定在小饭馆，在大傻的提议下，老刘挑了一间最小的包房，空间很局促，仅能容一张圆桌，五六张独凳。对此，大傻有他的说道："假设对方来了七八个，甚至十几个，都没关系，能进到房间的顶多三四个，其他人只能呆在外面，万一打起来，以我的身手，抵挡一阵子完全没问题，刘哥你站在墙角打电话报警就行了。"他看老刘有些紧张，又安慰道，"应该打不起来，我说的是万一。"

老刘心里赞叹不已：好个大傻，两年不见，让人刮目相看，不但刚猛率直，重情重义，而且粗中有细，面面俱到，找他帮忙算找对了。大傻让老刘靠墙坐在圆桌上手，到时他站在老刘身后。安排妥当后，大傻还不忘解释说："这次是文斗，你唱主角，我就是个跟班的，当然站后面。"

老刘听了觉得，武斗，老刘他不行；文斗，不客气地说，他还比较擅长。一场好戏马上就要上演了。

灰色商人

果如大傻所料，对方只来了小胡子和光头两个。他二人旁若无人地进入房间，一眼便看到老刘身后的大傻，只见此人一米八几的身高，铁塔一般的身板，一张不怒自威的黑脸，看得二人同时一怔。此时，老刘注意到，光头没拿报纸卷，心想大傻又说中了，对方根本没做打架的准备。

于是老刘气定神闲地笑道："呵呵，这是本厂新招的员工，也是我的哥们，两位不要见外，请坐！"

小胡子在对面坐下来。光头也学大傻的样，双手环抱胸前，站在老大身后。但他也觉得，气势跟大傻相比，差了好远。小胡子直奔主题道："刘老板，钱准备好了吧？"

老刘明知故问道："什么钱？"

小胡子耐着性子说："欠中力张小姐三十万的首付，十万块，前两天你答应的。"老刘说："我说过，只欠张小姐二十万，这二十万还有争议，哪来的三十万？"

小胡子又重弹老调说："这事以张小姐说的为准。"

老刘说："那张小姐说欠三十万，你就收三十万喽？"

小胡子觉得这话有点不对劲，但一时又反应不过来，只得硬着头皮说："是这个理儿。"

老刘等的就是他这一句,他语带嘲弄地说:"那好,我现在告诉你,张小姐欠我一百万,我给你写个条,你赶紧找她收,收回来咱们对半分,一人五十万,怎么样?"

小胡子被堵得一时哑口无言,一阵愣怔之后,把脸一拉:"你什么意思,想赖账?"

"我没想赖账!"老刘侃侃而谈,"虽然我的工厂很小,挣钱不易,但我从来没想过赖别人的账。我说过,欠款只有二十万,且存在争议,最终付多少需要协商,不可能张小姐说多少就是多少,更不可能她写张条子我就得掏钱。你说说,天下有这样的道理吗?是你,你会同意吗?"

小胡子没想到,老刘前次温顺如小绵羊,说话结结巴巴的,今天竟侃侃而谈,言辞犀利。但小胡子到底是老江湖,稍加迟疑后,他以退为进,说:"你可以先付一两万表示表示诚意嘛,我受人之托,忠人之事,你一分钱不给,我怎么向张小姐交待?"

"怎么交代是你自己的事。"老刘底气很足地说,"我明确告诉你,欠款数目不弄清楚,我一分钱都不会付!"

从事追债这个行当的,基本上都是身有劣迹的道上人,小胡子也不例外。以他这个江湖人的眼光,自然看得出大傻的分量,他觉得凭他和光头两个,肯定对付不了。此时,即便老刘"翻脸不认账",他也无可奈何,只能自找台阶说:"欠款数目我会找张小姐核实清楚,不过我劝你还是把钱准备好。"说完,拉起光头,悻悻而去。

老刘松了口气,转头向大傻跷起大拇指,问他怎么对"敌情"估计得那么准。大傻就把他了解的江湖内幕讲述了一番。

在南城,清债是一门生意,团伙老大就像影视导演,又像包工头,平日光杆司令一个，接到订单后才会召集马仔工作。马仔像剧组的群众演员，也像建筑队的民工，不同的是，扮相上有个不成文的规定，统一为黑衣平头或者光头，据说这样能给欠债方以最大的视觉冲击力和心理震撼。

马仔的出场费有高有低，视单子金额、出场时间及工作能力而定。除了出场费，还有一顿吃喝，赚头大的话，吃喝之外还能唱歌、找小姐，费用由老大埋单。

追债团伙靠威胁恫吓基本上就能达到目的，假如债务金额较大，欠债方不肯就范，动武也不稀奇。真要上演全武行，马仔的收入会翻番甚至更多。如果马仔受了伤，除负责医药费外，老大还得打赏不菲的红包。因此，老大追求的是不战而屈人之兵，厌恶的是白刀子进，红刀子出。

具体说到那个小胡子，他是老大，光头是他的心腹，其他人是他临时雇来的马仔。小胡子之所以额外向老刘索要一万块钱，是因为他当天要发放出场费，要请马仔喝酒吃饭唱歌找小姐。羊毛出在羊身上，他不会自掏腰包。在小胡子看来，第一次已经摆平老刘，第二次没必要弄一帮人摆大场面，这样能省不少钱，所以鉴于老刘前次已经服软，动武已不在考虑之列。

听了大傻的解析，老刘诧异地想，敢情小胡子跟自己一样，也是精打细算的"企业家"呀。这年头，谁都不容易。

内有玄机

过了一天，小胡子打来电话，说张丽承认尾款只有二十万，也承认存在争议。小胡子主动解释，按规矩，他们收债的要抽头一半，估计张丽不愿掏这个钱，就转嫁到老刘头上了，这三十万估计就是这么来的。小胡子还说，张丽虽然是他的衣食父母，但他决不护短，已经严肃批评了她。

听小胡子这么说，老刘觉得谁说"道上的"不讲理？小胡子就很讲理嘛，而且还知错就改。老刘心底不由泛起一丝感动，像受了委屈的小媳妇，对着电话嚷道："明明只有二十万，为什么信口开河说成三十万，这不是敲诈吗？啊！以为我老刘好欺负是吧？"

小胡子依然语重心长，不急不恼地告诉老刘，他已说服张丽让步，尾款只收十五万，他希望老刘能给他几分薄面，同意这个方案："忍一时风平浪静，退一步海阔天空。"小胡子斯文起来简直像个哲学教授。

老刘琢磨，虽然跟自己主张的还有差距，已在可接受范围，没必要再为几万元钱闹得天翻地覆。虽说有大傻助阵，小胡子暂时没捞到便宜，但大傻只能帮一时，不能帮一世，何不趁着对方示出善意时就坡下驴，化干戈为玉帛？想到这里，老刘决定给张丽打个电话示好。

蹊跷的是，张丽手机依旧关机，打到公司，还是"老板不在"。上次老刘以为对方刻意回避，现在细想，人家怎么可能因为回避他而成天关机，难道不做生意了？再说，回避也不是这个女人的性格啊。老刘如堕五里雾中，直觉告诉他，这其中大有玄机。他决定亲自去中力一探究竟。

老刘是晚上七点多到的，远远望去，中力公司临街的写字楼黑灯瞎火，了无生气，同四周灯火通明、生机勃勃的景况形成鲜明对比。他向旁边小店店主打听，回答令老刘震惊："老板被警察抓起来了，员工心都散了，谁还加班？"

"抓起来了？"老刘简直不敢相信自己的耳朵，忙问，"你说的是张小姐吗？"店主点点头："就上星期的事，酒后驾车。听他们员工说，公司近来状况不好,很多钱收不上来,已经拖欠俩月工资了,张小姐请大家吃饭,想安抚一下情绪。这不赶上酒驾入罪嘛,吃完饭离开酒店没多远,碰上警察临检,一测,酒精含量超标,是醉酒驾车,当场就被带走了。"

唏嘘过后,老刘意识到不能再把钱交给小胡子了。他认定,最初,张丽委派小胡子追债确有其事,有那句"老刘,你给我等着!"和字条为证。但一切在张丽进去后发生了变化,小胡子看到有机可趁,动起了歪脑筋,先是以张丽的名义敲诈,把二十万的债务说成三十万。敲诈不成,又想瞒天过海,把债款据为己有。要不是自己前来打探,小胡子的阴谋几乎得逞。

大傻得知真相后认为,应当马上和小胡子摊牌,断了他收钱的念想。老刘明白,所谓"摊牌",就是"亮剑",亮剑不是为了逞勇斗狠,而是为了以战止战。他对大傻说:"你看要不要准备些家伙,比如钢管铁棒什么的,要不,去买几把菜刀也行。"

大傻连连摆手道:"带钢管铁棒过去,要是惊动了警方,那些东西就成了蓄意斗殴的物证,罪名就洗不清了,别说菜刀,就是连一把水果刀都不能带。"

老刘愤愤不平道:"凭什么他们可以舞刀弄棒,我们就只能赤手空拳?这叫什么事啊!"

大傻说:"他们是地痞流氓,我们是寻常百姓,他们可以作恶,我们不能,我们只能自卫。刘哥,你想想,要是因为这事栽进去,值不值?工厂谁帮你管?"

这话点醒了老刘,他开玩笑说:"兄弟,我发现你特别懂法律,特别讲法律。"

"那是,要不以前大牢就白坐了。"大傻让老刘尽管放心,真打起来不可能赤手空拳，武器就地取材，酒瓶板凳一样好使。

深夜，小胡子再次打来电话，煞有介事地告诉老刘，张小姐希望他爽快一点，尽快将尾款一次付清，从此桥归桥，路归路，大路朝天，各走半边。大傻在旁边做了个"六"的手势，老刘心领神会，说你周六过来吧。

放下电话，老刘骂道："这混账东西怕夜长梦多，急吼吼要来拿钱了。"大傻点头说："事情该有个了断了。"

针锋相对

周六中午，小饭馆最大的一间包房内高朋满座，正是老刘、大傻，还有大傻叫来助阵的几个朋友。他们同大傻一样，个个彪悍精壮，一看就不是等闲之辈。

酒足饭饱之后，众人举行了战前动员大会。会上，老刘宣布了两项战略方针：不打第一枪；擒贼先擒王。大傻做补充说明，敌不动，我不动；敌若动，我必动，火力对准对方老大。随后，众人就战术上的各种细节展开热烈讨论，并一一付诸实施：

包房中央的圆桌和凳子整体平移到最里边，保证己方人员靠墙而坐，避免腹背受敌。

啤酒瓶至少每人四只，两只摆在桌上，两只靠墙根放着，保证桌子被掀翻后，有后备的可用。

老刘能力最弱，但是主将，届时坐在中间，要离对方人员最远；身手最好的大傻和一个叫小军的分坐在他的两边，这样情况有变时，他们可以迅速制服对方肇事者。

相互间隔不能太近，以免挥舞酒瓶板凳时误伤自己人；也不能太远，以免被对方渗透，各个击破。

大约过了半个小时，一辆面包车疾驶而来，"嘎"的一声停在小饭馆外，车上跳下来七八个人，正是自以为得计的小胡子和他的马仔们。马仔们下车后便在车旁抽烟聊天，打闹嬉戏，光头跟着小胡子进了饭馆。

一看包房内的阵势，小胡子就感到不妙。他犹豫片刻，还是走了进来，表现出一副满不在乎的样子。老刘注意到了，小胡子身后的光头腋下夹着报纸卷。同样，大傻也注意到了光头，并紧紧地盯着这个危险分子。

小胡子单刀直入："刘老板，我还有事，就不绕圈子了，钱呢？"老刘说："你说的那钱吧，我已经给张小姐了。"

小胡子步步紧逼："什么时候给的？"老刘说："昨天晚上。"

小胡子比谁都清楚，张丽已经进去多日，老刘不可能昨晚送钱给她，但他不清楚老刘是否掌握真相，他索性将装傻进行到底："张小姐开收据没有？拿给我看看。"

老刘不屑地说："这是我和张小姐之间的事情，跟你有关系吗？为什么要拿给你看？"

小胡子猛地提高嗓门："怎么跟我没关系？张小姐把这事交给我，我就得给人家办好，不然以后在道上还怎么混？你说已经给过了，可张小姐并没通知我，我不该证实一下吗？"

霎时间，包房里充满火药味，大有一触即发之势。

"甭跟他废话……"旁边的光头按捺不住，嚎叫一声，"刷"地抽出片刀，准备故伎重演。说时迟那时快，只见大傻飞身而起，快如疾风上前攥住光头的手腕反向一拧，光头痛得难忍，片刀"当啷"一声掉到地上。与此同时，小军等几个"忽"地站了起来，个个手操酒瓶，虎视眈眈地望着小胡子，全是一副亡命徒的架势。

老刘缓缓起身，冲小胡子拱拱手，说："兄弟不才，文不能拆字，武不能卖拳，好在还有几个朋友，你若是想操练的话，现在可以出去叫你的人进来。"接着，他目光炯炯地盯着小胡子，冷冷地说，"纸终归包不住火，有些事情天知，地知，你知，我也知，你可以把别人当傻瓜，但你不能总把别人当成傻瓜。你懂我的意思吗？"

此刻，小厂主老刘比挂金链戴金表的小胡子更像一个"江湖大佬"。

小胡子面无表情，大脑却在飞速转动，他明白，老刘已经知道张丽进去了，要想拿到钱，眼下只有"用强"一条路。问题是老刘已经做好对抗的准备，请来的帮手个个强悍，真打起来，出场费，医药费，得多少钱？十来万都未必够！动静闹大了，其他和中力有纠纷的老板也知道了真相，那些钱还怎么搞？

衡量得失之后，小胡子不愧是老江湖，能屈能伸，决定体面收兵，他斥责光头道："遇事要冷静，不要冲动，我说过多少回，冲动是魔鬼，你就是不长记性。"然后又冲老刘做了个双手下压的动作，"刘老板，你也要冷静，大家行走江湖，都为求财，不为斗气，不要动不动就想操练。"

老刘绷得紧紧的心松弛下来，亮剑起了作用，对方开始退却了。

小胡子站起来，有板有眼地说："我会向张小姐核实，真要像你所说，钱已经付过了，这事就算完了；如果没付，刘老板，别怪我不客气，到时有你好看。"说完，冲大家一拱手，说了句"后会有期！"转身走了。光头捡起地上的片刀，跟着狼狈而去。

以和为贵

兵不血刃逼退小胡子，老刘非常开心，嚷嚷要请大家喝酒唱歌，庆贺庆贺，没料到却被大傻兜头浇了一盆凉水："刘哥，你想没想过，事情闹到这个地步，你和张小姐都输了，有什么好庆贺的？"老刘一听，纳闷了，明明自己胜了，怎么成了输呢？他要大傻说个明白。

大傻说，清债是门灰色生意，正经人不会干这个，但张小姐本质上是个正派人，她请小胡子收债，不过是病急乱投医，一时糊涂罢了。大傻说，做生意讲究"多个朋友多条路"，忌讳"多个敌人多堵墙"，老刘和张丽之间的纠纷本属小事一桩，现在居然小事化大，闹到刀兵相见，就是"多个敌人多堵墙"，值得庆贺吗？

大傻说："以暴制暴绝不是好办法，长此以往，路只会越走越窄。"接着大傻表情凝重地说了他在这方面的深刻教训。

老刘说："这样说来，对付小胡子也有错？"大傻说，对付小胡子这样的恶棍，除了亮剑别无选择。但他直言，小胡子之所以有机会耀武扬威，连诈带骗，根子还在老刘与张丽的交恶。回顾整个事件，起因固然在张丽，但老刘也有责任，比方说撇开中力，私下找人修机开锁的做法就不妥当，如果当时和张丽好好沟通，而不是意气用事，应该不会结下梁子，惹来后面的麻烦。

老刘承认自己处理不当，激化了矛盾。出于补偿心理，他强调，剩余款项还按二十万算，张丽出来后一次性付给她。

大傻推测，目前正处在醉酒驾车入罪、人人喊打的风头上，张丽至少三个月才能出来，要是没人帮她，中力十有八九撑不下去。

想到张丽给自己带来的麻烦，老刘冲口而出："活该！"但话刚出口，他便觉得说得太狠，忙又说，"眼下生意难做，自顾不暇，谁有闲心帮她。"

大傻急切地说："刘哥，冤家宜解不宜结，现在是弥补过错、化解矛盾的最佳时机，你要抓住，过了这个村就没这个店了。"

作为生意场上摸爬多年的小老板,老刘清楚,救助中力这样的小公司并不是难事,自己真要出手,其实很简单,把应付款提前给付了,再付点员工的工资就行,这么一想,他内心开始松动了。

大傻继续劝导:"刘哥,你跟我说过,张小姐和你同属草根,而且,还在同一个圈子,又有生意上的往来,就凭这,你也该伸手拉她一把。再说,张小姐也帮过你……"

老刘指着自己鼻子问:"张丽帮过我?"

"张小姐卖设备给你,分期付款,无须抵押,出发点虽是生意,落脚处却有人情,这人情就是'信任'二字。不管她主观上怎么考虑,客观上是实实在在帮了你,不是吗?"大傻情真意切地说,"刘哥,我知道,你不是见死不救的人,帮帮她吧,就像你以前帮我一样。"

大傻的厚道深深打动了老刘,他郑重其事地说:"兄弟,我知道该怎么做了。"接着老刘奇怪地问,大傻跟张丽毫无关系,甚至连面都没见过,为什么极力主张帮她。

大傻正色道:"做人做事无非情理二字,于情于理你都应该帮助张小姐,帮她就是帮你自己。"顿了顿,他又说,"小时候,我听老一辈讲,'人'这个字,左一撇,右一捺,互相支撑,互相依靠,缺了哪一半都站不稳,立不住,祖先造这个字就是提醒我们,活在世上不要忘了与人为善,帮助别人就是帮助自己。"

三个月后的一个晚上,"南海渔村"VIP包房。老刘,张丽,这两个曾经的生意伙伴、曾经的冲突双方,此刻终于又坐了在一起。

在张丽失去自由的这段日子,老刘以朋友的身份为中力做了以下事情:发放员工基本工资;缴纳房租及水电杂费;招聘有经验的维修工程师;提醒销售人员走访处于还贷期的客户,防止跑单及私收债款;督促采购人员联系上游厂商,主动说明事由,防止别有用心的生意对手造谣生事……在老刘的张罗下,中力运转如常,甚至比张丽进去前还要好。

老刘所做的一切,被探监的员工原原本本告知了张丽,她听说后羞愧难当,又感激不尽,一出来便迫不及待联络老刘,请求一聚。老刘爽快答应了。

包房的气氛温馨而又热烈,张丽端起酒杯,感慨万千地说:"酒,让我吃尽了苦头,按说不该再去碰它了,可今晚,非酒无以表达感情。"说完一饮而尽。

老刘笑道:"错不在酒,错在酒驾,今晚咱们就痛痛快快,喝个不醉不归。"说罢,端起酒杯,也是一饮而尽。

张丽动情地说:"刘老板,虽说大恩不言谢,可我还是要当面对你说声谢谢,谢谢你以德报怨,出手相助。"

"举手之劳,何谈大恩,况且那些钱原本就是你的。"

"我知道,除了尾款,你还垫了不少,我得告诉你,这些钱一时半会可还不上。"

老刘开了个玩笑:"张小姐,你放心,我保证不叫人收债。"张丽听到"收债",歉疚地低下了头。老刘说:"过去的就让它过去吧,不经过风雨,怎么会有彩虹,来,为我们的'破镜重圆'干一杯!"听到老刘这话,张丽"扑哧"一乐,欣然举杯。

放下酒杯,老刘诚恳地说:"张小姐,这阵子我想了很多,有人的地方就有江湖,有生意的地方就有纷争,今后我俩之间,或者我们和别人之间,可能还会碰到这样那样的矛盾,相信只要大家抱着正确的态度,就没有化解不了的,实在不行,还有法律,总之,不能叫小胡子这样的人再有兴风作浪的机会,你说是不是?"

张丽点点头，认真地说："这场风波给我最深的体会是，万事以和为贵，和气方能生财。"

老刘微笑地看着她，没有再说话。此刻，这个小老板真正感受到"授人玫瑰，手有余香"的快乐，这种快乐不可名状，无与伦比。

（刘志召）
（题图：杨宏富）

有些路不能走

风波乍起

人生有很多定律，其中有一条"彼德定律"，它是这么说的："很多人爬到了梯子的顶端，却往往发现梯子搭错了地方。"梯子搭错了地方怎么办？这个道理，很多人没有想过，田万春也没想过。田万春是美术学院的毕业生，文绉绉的，戴着一副眼镜。有一次，他到野外写生，正是在这次写生途中，他想明白了上面说的这个道理。

那天，田万春在腾冲县境内完成了写生，天色已晚，他沿着荒凉的公路走了很久，终于找到了一个简陋的小旅馆歇脚。小旅馆坐落在一个丁字路口，还兼营着饭店的生意，但从那块破破烂烂的招牌来看，这里的客人就像五更天的星星一样稀少。

田万春背着大大的画夹子走进了小旅馆，店老板咧开大嘴笑了："怪了，今天的客人扎堆了。"听这话，今天旅馆里意外地住进了不少人。

在狭小的房间里，田万春翻来覆去睡不着，他已经很累了，但是满肚子的心事在打转儿，闹腾了很久，正当有了一些睡意的时候，忽听门外传来一阵的响动。

田万春竖起耳朵听了一会儿，外边又安静下来，等到田万春刚想睡去，一阵金属摩擦的刺耳声音又赶跑了他的瞌睡虫。田万春忍不住了，他蹑手蹑脚地爬起来，走到门边，猛地拉开门，还没来得及喊一嗓子，忽然看到一个胖胖的身影，从隔壁房间门前慌慌张张地跑开了。

这一夜，尽管再也没有听到异响，田万春却睡得很不踏实。第二天一早，他揉着满是血丝的眼睛，疲惫地背着画夹子走下楼。楼下是旅馆的前台，也是饭店的厅堂，几张饭桌前已经三三两两地坐了些吃早饭的人。

田万春左右环顾了一下，后来在一个皮肤黝黑的中年人身旁坐下了。天气很热，那中年人却还穿着长袖衬衫，田万春有些奇怪，仔细打量了一下，发现那人的左手是一具假肢。这时，那中年人停住筷子，也一脸戒备地看着田万春，田万春有些不好意思了，这样盯着残疾人的假肢是不礼貌的，他赶紧向大嘴店老板点了一份早餐，其实也没得选，只有过桥米线。

客人有些多，米线上得很慢。田万春的对面坐着一个留平头的小伙子，穿着一件马来西亚风情的花褂子，也在等早餐，正无聊地东张西望。

终于，那"花褂子"忍不住找田万春搭话了："嘿，老弟，搞绘画呢？"

田万春看了他一眼，腼腆地点点头。花褂子带着艳羡的表情，感慨地说道："我一见到你们这些搞艺术的，就羡慕，有气质啊！哎，老弟，能不能把你的大作给我欣赏一下？"说着，花褂子便伸手来抽田万春的画夹，田万春一把抱住画夹子，紧张地说："你想干吗？"

花褂子有些不屑地说："老弟，看不起人了不是？别这么小气么，看一下又没什么大不了的，你们搞艺术的，别那么清高了，画是要靠人来欣赏的，再好的画，没人欣赏，还不是废纸一张？"田万春脸有些红了，周围的客人听了花褂子的话也纷纷转过头来，看着两人。这时，花褂子又伸过手来，想拿画看，田万春犹豫了一下，从袋子中抽出画夹子，摊在桌子上，打开，让花褂子看。

里面是一张张浓墨重彩的油画，堆积着厚厚的颜色，极饱满，很鲜亮，但就是看不明白画的是什么。花褂子看了半天，翻到最后一页，他终于忍不住了，指着画页下方的标题——《失忆的女人》，口中嚷道："这到底画的是什么？怎么会是个女人？我看，是一碗西红柿蛋花汤倒差不多。"

他这么一说，店堂里的客人不由得哄笑起来。田万春很愤怒，但也很无奈，他轻轻地合上了画夹子，懒得再和花褂子说话，花褂子依然不依不饶地说："这也能算画的话，我一天能画一百张，就是我小时候画的地图也比这个强。"

两人说话的时候，田万春右座那个有点残疾的中年人一直在冷眼旁观，这时，他突然将筷子轻轻拍在桌面上，忍不住说了一句："这叫抽象画，你懂不懂？"

田万春看了一眼中年人，笑了一下，目光中有些感激，中年人也微微一笑，满脸的皱纹，也舒缓了不少，这是一个很沧桑的中年人，应该有过许多不寻常的经历。

那个花褂子的嗓门却大了起来："还抽象画呢？抽筋还差不多，一点都不像还能叫画吗?"中年人有些恼怒,刚想说话,却被田万春拉住了,田万春低声说:"大哥,谢谢你,别跟这人一般见识,他不懂。"

田万春说话的声音虽然小,但还是被花褂子听见了,他猛地站起来,扯着嗓子喊:"怎么,瞧不起人不是?我不懂,就你们懂,了不起,上天啦?"吃饭的客人都被吸引了,一个个伸长脖子看热闹。

很明显,花褂子似乎是在故意寻衅、无理取闹,田万春觉得这人简直是不可理喻,便不再理他,店老板也赶紧端着托盘跑过来,口中吆喝道:"哎,天热,大伙消消气,来来,吃米线了。"花褂子也不再纠缠,端起一碗米线,吃得"哧哧溜溜"直响。

这时,中年人问田万春:"你还是个学生吧?"

田万春笑笑,说:"我是美术学院的,已经毕业了,出来写生的。"

中年人的笑容舒展了开来:"真好!"忽又黯然说道,"我那个不成器的儿子,要是有你这么懂事就好了。"

一场风波平息后,客人们便自顾自地忙着吃自己的早饭。

剑拔弩张

客人们吃完早饭,陆陆续续地开始退房赶路,这毕竟只是个歇脚的地方。这时,一个胖子拎着一个编织袋挤到前面,对店老板说:"老板,我有急事,先帮我把房退了吧!"

其实,因为房间设施很简单,退房手续就更简单,连查房都不用,直接退了押金就完事儿。胖子很快拿到钱,大步流星地往门外走去。

突然,一个声音尖叫道:"你不能走!"随着这一声喊,只见一个头发卷曲的年轻人惊恐地冲过来,胖子拔腿想跑,"卷发"猛地扑过去,死死地抱住了胖子的小腿，卷发口中还语无伦次地喊着："钱，我的钱……他偷了！"这时，大家才注意到，卷发身上还挎着一个被划开的旅行背包。

胖子恼怒地一脚踢开卷发，吼道："你放什么屁？"

田万春倒是记得，刚才就是胖子和卷发坐在角落里的那张板凳上，如果卷发的钱丢了，胖子的嫌疑自然最大，而且昨晚，那个鬼鬼祟祟的身影，和这个胖子也有几分相似，看来，这个胖子有问题。

卷发爬起来，盯着胖子："你敢打开袋子让我看看吗？"

胖子一抖满脸的横肉，狠狠地说："你有什么权利看我的袋子？"说着，就要朝门外走去，突然，一边冲出一个人，飞快地关上了旅馆的大门，又拴上门闩，正是那个店老板，他依然是脸上赔着笑，说："老板，先把事情搞清楚，再走也不迟啊！"

旅馆里骚动起来，还有七八个客人，有人在检查自己的包裹，有人问卷发丢了多少钱，还有人让胖子打开袋子。田万春没有说话，紧紧抱着手里的画夹子，默默地观望着事态的发展，他旁边的那个中年人，也很冷静地旁观着。

胖子不愿意打开袋子，卷发忍不住了，冲上去抢那编织袋，却被胖子抓住衣服领子，一把摔在地上。卷发坐在地上，号叫着："你还给我，我那都是公款啊，弄丢了我也活不了啦！"饭店里一片混乱，看起来这个卷发丢了不少钱，客人们纷纷逼视着那个胖子。胖子不干了，对着店老板厉声喝道："赶快开门，我还有急事！"

店老板拍了拍胖子的肩膀说："你的袋子我们确实也没有权利翻看，为了证明你的清白，我看还是报警，让警察来处理好了。"说着，他瞟了一眼站在吧台旁的老板娘，老板娘心领神会，抓起电话就要拨打 110。

突然，胖子像一只受惊的兔子冲了过去，他肥胖的身体竟然如此敏捷，三步两步就窜到了吧台前，从编织袋中掏出一把消防斧，狠狠地砸在电话机上，一声脆响，塑料碎片飞得到处都是。

所有人都惊呆了，老板娘更是捂着脸躲进了后堂。

胖子举着消防斧，凶相毕露地说："谁敢挡我的路？"

店里刚才还很喧闹，此刻都安静下来，大家都被镇住了，连刚才激动的卷发，也没有了声息。胖子嘴角挂着一丝轻蔑的微笑，得意地说道："赶紧把门给我打开！"

店老板脸色苍白，但还是抖抖索索地把着大门，忽然，一个声音喊道："我们这么多人，还打不过他一个人吗？"话音未落，突然，说这话的人又发出一声尖利的喊叫，众人回头一看，只见刚才那个花褂子，手里握着一柄长长的西瓜刀，正架在一个旅客的脖子上："妈的，大家看看，谁想出头，这就是下场！"说着，他手中的西瓜刀一划，那旅客的胳膊上被划了一个大口子，鲜血一下子涌了出来，那旅客大叫一声，吓得面如土色，浑身像筛糠一般。

没想到这个花褂子居然是胖子的同伙，其他旅客顿时呆住了，大家弄不清店里还有没潜伏的歹徒，一时间都噤若寒蝉。

田万春紧张地抱着画夹子，本来白皙的脸庞更显得苍白了，倒是那个中年人还是那副严肃的表情，紧锁着眉头，看不出是不是害怕了。

胖子径自朝大门走去，店老板抿着嘴，一言不发地闪到一旁，胖子用力拔开门闩，一脚踹开大门，冲着花褂子抖了抖手中的编织袋喊道："撤吧！"

看着那沉甸甸的编织袋，花褂子面露喜色，便尾随着胖子，迅疾走出大门……

欲罢不能

说时迟那时快，一辆银灰色的面包车"嘎"的一声停在小旅馆门口，面包车的车牌已经被纸板遮挡了，司机从车里探出头来，喊道："快上车，快上车！"看来，这是胖子的同伙来接应了。

这时，一直呆坐在地上的卷发忽然惊醒了，他猛地爬了起来，发疯似的扑上去，抱住了胖子手中装钱的编织袋，口中喊道："你们不能拿走我的钱，那都是公款啊，我还不起的啊！"胖子一脚将卷发踹开，卷发滚到一旁，又爬起来，继续扑向钱袋，又被花褂子一脚踢倒。卷发没有住手，又爬起来要去抢钱袋子，花褂子眼中凶光一闪，握紧了手中的西瓜刀……

田万春终于看不过去了，他腾地冲出大门，举起手中的画夹子，劈头盖脸地朝花褂子砸去。花褂子猝不及防，一下子被打懵了，待他回过神来，狠狠一刀劈了过来，田万春下意识地举起手中的画夹子一挡，西瓜刀将画夹子一下劈成两半，余力不减，劈在田万春的肩膀上，这一下，顿时鲜血四溅。田万春倒在地上，那边，卷发又被胖子揍得趴在地上动弹不得。

花褂子咬牙喝道："你们别逼我，杀个把人，我眉头都不会皱一下！"一屋子的人顿时吓傻了，没有一个人敢出去帮忙。

田万春却又爬了起来，他抓着手中已经被劈成两半的画夹，两眼似乎要喷出火来。这时候，胖子已经登上面包车了，花褂子正要上车，却看见愤怒的田万春又向他扑来，便扬起了手中的西瓜刀，他正要动手，忽听一声大喝："住手！"左手残疾的中年人站了出来，他一个箭步冲到前面，飞起一脚踹向花褂子。花褂子后面就是面包车，无处躲闪，结结实实挨了一脚,他恼怒地举起西瓜刀劈向中年人,中年人敏捷地一侧身,躲过这一刀,没料到他这一闪,正好闪到面包车车门处,只见车内的胖子举起斧头,一道寒光闪过,狠狠地一斧子,劈在中年人的左臂上……

中年人的左臂应声而落,"咕噜噜"滚进面包车内,未见鲜血喷溅,因为那是一具假肢。中年人一愣,花褂子也不想延误时机,趁着这个当口,赶紧跳上车,拉上车门,面包车一阵轰鸣,绝尘而去。

旅馆的门前是个丁字路口,面包车没有沿着大道前行,而是拐上了那条坑坑洼洼的岔路。

面包车跑远了,屋里的人才陆陆续续走了出来,店老板要替田万春包扎伤口,田万春冷冷地拒绝了。田万春和中年人把呻吟着的卷发扶了起来,走到一旁坐下来,和那群旅客保持着一段距离。

旅客们大都很尴尬,也不知道说什么。这时,店老板走了过来,对田万春说:"我们已经报警了,要不,我们先送你们去医院,这边,留给警察去处理吧!"

中年人和田万春互相包扎着伤口,中年人瞟了店老板一眼,面无表情地说:"我不去医院,我要去追那几个歹徒!"

一旁的卷发止住呻吟,也喊了起来:"我也要去追,他们抢走了我那么多钱,全是公款,可要了我的命啊!"

于是,三个人毅然决然,去追赶那几个人……

各有心事

虽然三人都受了点伤,但不是特别严重,那个卷发看起来很虚弱,但走起路来还行,卷发感激地说:"谢谢两位,肯这么帮我,我真是不知道说什么好了。"

中年人板着脸说："我不是要去帮你，我是去找回自己的假肢。"

卷发不住地点头说："那也要谢谢你们，刚才救了我。"

田万春插话道："这位大哥，你为什么带这么多钱出行呢？"

卷发犹豫了一下，叹了口气，说："唉，我是一家农资公司的会计，去外地收了一笔货款回来，当地不方便存款，我就带了现金回来，没想到半道上出事了。"

田万春继续问："丢了多少钱？"

卷发挠了挠满脑袋卷曲的头发，懊恼不已地说："32万啊！"

田万春慨叹道："这么多钱啊，难怪你这么不要命也要把钱抢回来，不过，你也太不小心了，早就被他们盯上了，昨晚我好像就看到那个胖子要撬你的门。"

三人一路上走着，说着，急匆匆地走了一段，两旁依然是荒僻的山丘。失去左臂的中年人走在前面，有些不习惯地甩着胳膊，田万春忽然问道："大哥，我知道一条假肢不便宜，但是也不至于为了这个，非要去跟那伙亡命之徒拼命啊！"

中年人停住了脚步，转身说："老弟啊，我知道你是个好人，刚才我就叫你不要来的，犯不着要你去冒险的，只是这条假臂对我，有着不同寻常的意义，我一定要把它找回来。"

中年人沉默了一会儿，说起了往事："我从小是个孤儿，到处流浪，经常偷人家东西，也经常被人追打。有一次，我在包子铺偷了几个包子，那个狠心的老板一刀扔过来，砍在我的左臂上。我跑掉了，躲在一个桥洞下，伤口发炎溃烂，又发着高烧，没人管没人问，快要死的时候，一个老人救了我，我叫他吴叔，他是个孤寡老人，他收养了我，用那少得可怜的救助金,把我养到十八岁,还教我画画。吴叔最喜欢画画,可是我十八岁那年,吴叔不能再画画了,他失明了,因为白内障,他放弃了手术,他用所有的钱,为我配了一条假肢。失明后的吴叔重重地摔了一跤,没多久就走了,吴叔走的时候说他只能给我一条胳膊,让我活出个人样来。后来,我装着吴叔给我的那条胳膊,踏踏实实地做人,经常在这一带跑点生意,后来还娶妻生子了,我想,吴叔在天之灵也应该得到宽慰了。"

中年人长叹一口气,继续说:"可惜的是,我那孩子不争气,不好好上学,整天在社会上混,前不久因为参与打架,把一个中学生打残了,我们好说歹说,赔礼道歉,那家人同意私了,要我拿出30万,我所有的家产都赔进去了,还远远不够,如果筹不够钱的话,我儿子免不了坐牢,他这一辈子就算完了,现在,都快把我愁死了。那条胳膊,不仅因为吴叔的缘故,而且我还要靠着它去挣钱,去救我儿子,你们说,我能没有它吗?"

田万春和卷发听了中年人的故事,心情都显得很沉重,半天一言不发,三人默默地走了一段路,最后还是中年人打破了沉寂,他对田万春说:"老弟,说说你的画吧,以前吴叔教我画画,学的就是油画。我看你那幅《失忆的女人》,虽然看不太明白,但是应该对你有着非常的意义,否则,你不会因为那个歹徒砍坏了你的画,而那样生气的。"

田万春突然有些紧张起来,脸也红了,中年人笑了起来:"不想说,就不说嘛……"

田万春嗫嚅着说:"其实……其实也没什么,我爱上了一个女孩,她出车祸了,好了之后却失忆了,再也不认识我了,我很伤心,所以画了那画。"三个人又沉默了一会儿,继续朝前走着,田万春忽然问:"大哥,他们开车,我们走路,你说我们能追上他们吗?"

中年人自信地说:"不用担心,这一带我很熟悉,前面会有一段山路,那段山路前些日子塌方,应该还没有修好。"听了这话,田万春和卷发都很振奋,不由自主地加快了步伐。

走了一段路,他们终于看到了那段塌方的山路,一大片山体滑坡,将山脚的道路盖了个严严实实,汽车除非插上翅膀,否则是没办法过去的。

可是,他们并没有看到那辆银灰色的面包车,难道面包车真的插上翅膀飞走了?

淌着的血

地上的泥很硬,只有一些老旧的车辙印,中年人一筹莫展地站在那里想了半天,最后,他带着田万春和卷发往回走了一段,终于发现了端倪。

山脚下有一条河流,一直顺着山势蜿蜒而过,在道路的一处,他们看见了车子滑向河道的痕迹,难道那三个歹徒出了车祸?看起来并不像,他们顺着车辙,在河边找到了船停靠的痕迹。

中年人有些沮丧地说:"看来这些歹徒是蓄谋已久的,他们早打算好了在这里脱身,他们也了解地形,预先准备好了一条船,来接应开不过去的车子,这样,即使警车追过来,也是毫无办法了。"

三个人都很失望,讨论了一下,中年人还是决定追下去,塌方的道路,人是可以走过去的,还可以继续沿着河岸,去找那几个劫匪。

于是,三个人又开始了追逐,追了没多久,三人就在河边发现了那条被丢弃的船,船不大,但是开上一辆面包车绰绰有余,船上也没有什么东西,放了好几块板,方便汽车上下船的。

中年人锁着眉头说:"不好了,他们开着车,从这里出去,很快就会到一个四通八达的集镇,到了那里,鱼入大海,哪里找去?"

三个人一急,就开始四处寻找,也就在这时,他们看见了一处触目惊心的场景——

前方有两个人躺在地上,地上一大片血迹,有些已经开始凝固了,空气中都弥漫着浓浓的血腥气。这两人中有一个很胖,他的肚子上被捅了好几个窟窿,好像已经死去了;另一个穿着一件马来西亚风情的花褂子,但花褂子已经被血染透,变成了一件红褂子,看不清伤势,但那人还没死,在大口地喘着气。没错,这就是那两个劫匪:胖子和花褂子,他们怎么成这个模样了?

三人走近一看,中年人倒吸了一口凉气,说:"真狠啊,他们一定是内部火拼,另外的人想吞了钱,所以把这两人害了。"

田万春早已吓得脸色惨白,根本不敢看躺在血泊中的两个人。中年人和卷发小心地走近几步,卷发忽然兴奋起来,他看见胖子身下还压着那个编织袋,旁边还散落着几张被血染红的钞票,难道钱还在里面?尽管希望不大,卷发还是冲了过去,小心翼翼地把手伸到胖子血糊糊的身下,去掏那个编织袋……

突然,意外的情形发生了:那个花褂子颤颤巍巍地弓着身子爬了起来,手里还握着那把西瓜刀,看那架势,他是要举起刀来往卷发头上砍……这时,中年人猛地冲上去,一脚踹掉了花褂子手中的西瓜刀,就在那一刻,恐怖的一幕发生了:失去了形影不离的左臂,中年人一下子没掌握住平衡,脚下一滑,仰天栽倒在地,中年人正好跌在胖子的右边,那里恰恰有一把消防斧,正被胖子的手紧紧握着,可怕的锋刃正指向天空,只听"扑哧"一声,斧子插入了中年人的后脑,一声凄厉的呼号,响彻了山谷……

田万春发疯一样冲了上去,中年人十秒钟不到就停止了呼吸,他最后只说了两个字:"儿子……"

卷发手中抓着那个空空的编织袋,看着眼前的情形,呆若木鸡地站在那里,编织袋不停地往下滴血,重重地砸在地上。

田万春搂着中年人,不停地哭,他快要崩溃了。

花褂子又颤抖着想爬起来,试了几次,都跌倒了,最终再也没有爬起来。

地上大片的血迹继续向四周蔓延,有胖子的,有花褂子的,也有中年人的,田万春甚至不知道中年人的姓名,就眼睁睁地看着他离开,中年人一直紧皱的眉头终于舒展开来,只是神情好像很落寞,失去了左臂,他显得很孤独……

可以回头

田万春和卷发费了好大力气,把中年人的尸体背出了这条荒僻的山间公路……

接下来的几个月内,又发生了很多事。

首先是劫匪落网,劫匪们发生了内讧,砍死了胖子和花褂子的另外两个劫匪,私吞了那一大笔钱后,并没有逍遥多久,当天,他们就在公路上被巡逻的警察抓获了。警察起先并不知道他们抢劫,只是例行检查车辆,然后以贩毒的罪名把他们抓了起来,当时劫匪们百般申辩,但证据确凿——遗落在面包车的那具假肢里,塞满了海洛因,于是,警察马上把他们控制了起来,当然,后来查实这假肢不是他们的,但很快又发现了他们抢劫的事实。

假肢是中年人的,所以,中年人其实是个毒贩,他巧妙地利用自己的假肢来贩毒,所以当假肢丢在面包车上时,他才那样急切地要追回。

然而,中年人说的有关假肢的故事却是真实的,即使是在临死的那一刻,他一定对他的假肢也充满了眷恋。田万春想替中年人取回假肢,警方不允许,说那是证物,但警方还是相信了田万春的话,田万春说:"他是个好人,他救了我和卷发,这一定是他第一次贩毒,他想救他儿子,他是没办法,才走上这条路的,可惜这是条绝路,可惜他再也没有机会回头了。"

第二件事,是劫匪落网后,卷发去了公安局,但他不是去取钱,他是去自首的。卷发确实是个会计,那笔钱确实也是公款,但他不是因公出差,而是私自卷了公司的货款出逃,最终被几个劫匪盯上了,后面便发生了旅馆里的抢劫案。

卷发说:"我错了,别人拼命救我,我不能再这样错下去了,这是条绝路,好在我还能回头。"

第三件事,田万春去探望了一个男孩,男孩叫小勇,前不久因为打架斗殴致人残废,被判了两年,田万春说:"我是你爸爸的朋友,今后我就是你的哥哥,你的路还长着呢,现在回头来得及,要好好走下去,要活出个人样来。以后,我会照顾你的。"

最后一件事是这样的:某个晚上,田万春把他的抽象画都烧了。卷发说谎了,中年人说谎了,其实田万春也说谎了,他并没有一个因车祸失忆的女友,他只有一个已经和他分手的女友,女友嫌他穷和他分手后,田万春发誓要挣一大笔钱,扬眉吐气,让曾经的女友后悔。

一次次失败后,急功近利的田万春找到了一个快速挣钱的方法,他通过多次研究，最后成功地将毒品融进绘画颜料。于是，田万春使用掺了毒品的颜料作画，画成一幅幅浓墨重彩的油画，然后准备携带着这些画抵达目的地，再通过化学方法将毒品提炼出来，转卖给他人，所幸，这只是田万春的第一次，当然，也是最后一次了。

田万春在日记中这样写道："有些路，是不能走的，一旦误入，赶紧回头，因为那是条绝路，我还有机会回头，可惜，有些人，再也没有机会回头了……"

（梅永远）
（题图：杨宏富）

夜谈·怪事
yetan guaishi

缺月如勾,寒光笼罩着寂静的夜,这里便是断魂之处!

地狱之旅

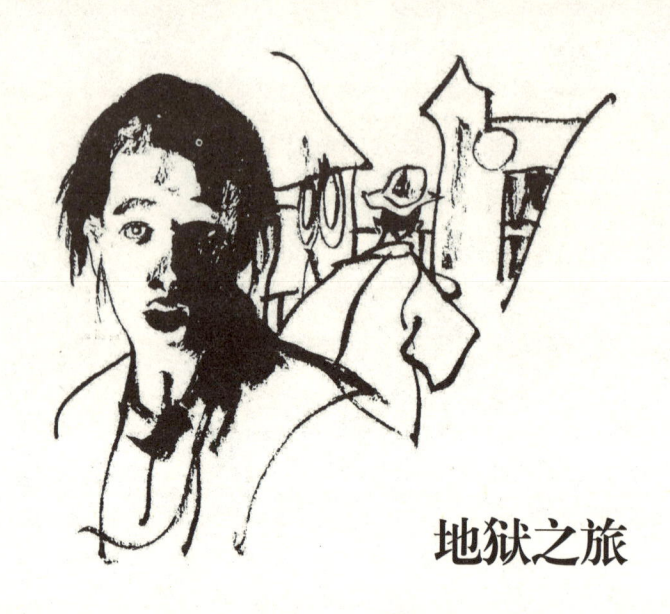

这天塔玛拉特地起了个大早，一面听着新闻广播，一面迅速做好了早餐，然后叫来丈夫威廉一起用餐。就在昨天晚上，他们还吵了一架。但在餐桌上，塔玛拉好像什么事也没有发生似的，边吃边和丈夫商量道："威廉，我要用咱家的车，去一趟丹佛。我想我要找银行好好地谈一次。也许，银行能同意我们分期付款。这样的话，我们家那笔债不难偿清。咱们也用不着三天两头为此吵架了。"

威廉在国家公园工作，要用车的话，可以用单位里的公车，他听了妻子的话，想了想，便爽快地答应了。他劝塔玛拉到银行去时，说话要讲究些策略。谈不拢的话，就马上回家。塔玛拉点了点头，早饭后，夫妻俩就分了手、塔玛拉独自开着车走了。

汽车在一条僻静的大道上行驶，路的两旁林深树密。突然，塔玛拉睁圆了眼睛,她看到路边躺着一个人,一动也不动地躺在那里。心想,这人是不是让别的汽车撞上了?救人要紧!她赶紧停车,从车里下来朝那人走去。

那人在痛苦地呻吟着。塔玛拉的心紧张了起来。可就在她停下步,俯下身,伸手帮忙的一刹那,那人暮地跃起,用手枪顶着塔玛拉的鼻尖,拖着她,把她按回车座上,厉声说道:"别出声!快,开车!"

不一会儿,那人开口问她的姓名。"塔玛拉。"她怯生生地回答。"塔玛拉?"他咕咯道,"这名字我喜欢。过去,我有个女朋友,也叫塔玛拉。可她卑鄙无耻地欺骗了我,居然和我的一个朋友暗中勾搭。顺便告诉你,我是叫罗伯特·佐林,是个讨人喜欢的人。"

塔玛拉听了心中一惊。清晨,电台里说有个叫罗伯特·佐林的杀人犯从中央监狱逃了出来。难道眼前这个家伙就是……塔玛拉感到自己的心在激烈地跳动。就在此刻,车厢里响起一阵轻轻的嗡嗡声。

"是无线电话。"塔玛拉一边说,一边拉开盒箱,那是威廉工作单位替他安装的一部无线电话。塔玛拉对那个叫罗伯特·佐林的人说:"这电话我不能不接。否则,对方会产生怀疑。"那人威胁道:"可你得放老实些!"话筒中传来她丈夫的声音:"塔玛拉,我为昨晚吵架的事向你道歉,你可别生我的气!""没关系,"她一边说,一边竭力不让眼泪流出来,"重要的是,咱们彼此依然相爱!""少废话。"那人凑近她的耳朵说。

威廉关心地问道:"你现在到了什么地方了?""快到丛林古堡了。咱们的小宝贝,莎丽坦乖不?你替我好好地亲一亲她!

身旁的那个歹徒使劲地把枪顶住了她的腰部,恶狠狠地说:"快把电话挂上!""威廉,我得把电话挂了,"她压低声音说,"这地段的交通很挤,再见了,亲爱的!"

汽车又行驶了一阵，前面不远处有个加油站。"咱们该加油了，"塔玛拉说，"要不然，车子会抛锚的！"那歹徒以怀疑的目光瞅了一眼汽油计量表，最后才勉强同意了："好吧，你呆在车里，闭上你的嘴，懂吗？"

塔玛拉把汽车开进加油站，歹徒冲着加油站的管理员叫了一声："把油箱加满！"此刻，塔玛拉忽然从汽车的后视镜中看到一辆警车正在向加油站驶来。显然，歹徒也发现了这辆警车。"别动，沉住气，"他低声说，"否则，我就毙了你，塔玛拉！"

此时的塔玛拉，由于心情紧张，两只手在不停地哆嗦。不过，总算没有出事。两名警察把汽车停在一边测试车胎的压力。塔玛拉故意把车子开了又关，关了又开，想引起警察的注意，没想到那两名警察，根本没把这细节放在眼里，而是和两个管理员有说有笑地聊了起来。歹徒用枪捣了捣塔玛拉。示意塔玛拉把钱包拿出来，然后从里面抽出几张付了油款。塔玛拉再次启动汽车，那个警察居然咧嘴一笑对她点了点头。

汽车继续行驶了十多分钟，在一处建筑工地的路口遇上了红灯，并行的两条车道上长长地停满了各式轿车。这时，从左边的一辆车上走下一名男子，只见他轻松地舒展了一下身子，然后，轻轻地敲了敲塔玛拉的车窗。

"对不起，先生，"此人非常有礼貌地对坐在塔玛拉身旁的那个歹徒指了指他自己手上的那支香烟说，"借个火，可以吗？"

此刻，歹徒正好从塔玛拉的烟盒里取了支烟在点火。在这种情况下。他很难拒绝车门外那个人提出的要求。于是，他无可奈何地嘀咕了一声，犹豫不定地瞅了对方一眼。终于，他一手拿着打火机，一手按动车窗的升降钮。

就在这一刹那，车门外那个人以迅雷不及掩耳之势，拉开车门，把枪顶住歹徒的太阳穴:"别动,我是警察!"而另一侧,几乎还没有来得及让塔玛拉搞清发生了什么事,她身旁的那扇车门也被打开了,"您别害怕,塔玛拉太太!"另一名警察对她说。

"谢、谢两位!"她擒着眼泪结结巴巴地说。

"用不着谢我们,您该谢谢您的先生,"警察说,"你俩根本没有孩子。所以,当他听到您要他好好亲亲您的宝贝女儿时,他就意识到出事了。于是,他立即报告了我们。在加油站那边,我们的两位同事认出了坐在您身边的正是那个越狱的杀人凶犯罗伯特·佐林。""他裹挟着我,为他开了这一段路,这真是太危险了,"塔玛拉心有余悸地说,"简直像是一趟地狱之旅!"

警察微微地对她一笑,说:"塔玛拉太太,您自己也真够勇敢的。顺便告诉您一个好消息:抓住这杀人凶犯罗伯特·佐林的赏金是相当高的。我想,您正需要这样一笔钱,不是吗?"

(秋　雨)

(题图:箭　中)

血染的梦幻

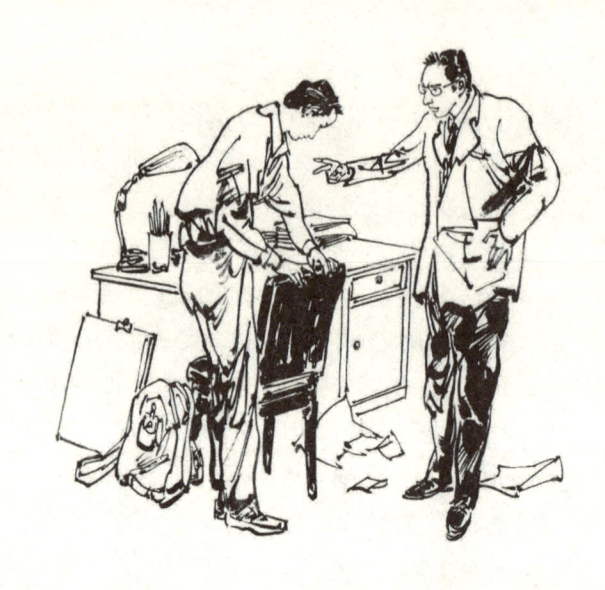

陈渭南是高三数学老师,教学水平出众,自是桃李满天下。可让他觉得十分懊恼的是,自己正上高三的儿子陈平学习成绩却一直是中等,尤其是数学比较差,一副不开窍的混沌模样。

一个星期天的晚上,陈渭南从学校加班回来已经很晚了,回到家却发现儿子房间里灯火通明,他心中一喜,莫非儿子还在钻研白天他布置的几道数学题?他轻手轻脚推开儿子房门一看,顿时火冒三丈,儿子竟然又在画画!只见陈平双眼放光毫无倦意,一支画笔在纸上挥洒自如。陈渭南气得大吼一声:"陈平,你太令我失望了!"说着猛地一伸手,"哗哧"几声将画抢过来撕了个粉碎。

正沉浸在绘画乐趣中的陈平被这冷不防的"暴风骤雨"吓得缩在一边,再看看爸爸喷着怒火的双眼,陈平眼泪就出来了,小声喊起来:"爸,你不能撕我的画,它是我最珍贵的东西!爸,您不是常对同学们说要全面发展吗?我不爱数学,只爱画画,您就让我画吧!我会成功的……"

见儿子如此执迷不悟,陈渭南再次怒吼起来:"绘画能有出息吗?能考上名牌大学吗?别人家的孩子我管不着,我的儿子一定要上名牌大学,否则……"

望着面孔扭曲的爸爸,陈平心底一阵茫然,随之升起一股彻骨的寒意,他不由自主地想起了今天得到的那本羊皮书《古今异术》。

那是一本多么令人神往却又多么恐怖的书啊!

上午爸爸到学校开会前留下几道数学题要求陈平一定得完成,可陈平只做了一会就觉得头痛欲裂,本来他只想站起来休息一会,可最后还是没忍住,拿起画笔、画板出了门,直奔后山,后山是他的乐园,山上的草木石头都是他的朋友,也是他笔下的精灵,他实在太想它们了。

在后山上不知画了多久,陈平快乐的心情慢慢平静下来,他想起了爸爸留下的数学题,顿时心里就像横亘了一道难以逾越的大山。他不知道怎么抒发心中的郁闷,于是随手捡起了旁边的一块块石头,接连砸进水中。当他又拿起一块石头要砸时,突然觉得有点不对劲,定睛一看,手中拿的是一块黑如焦炭、四四方方的怪石,感觉特沉重,再一低头,原来放这块怪石的地方有一个凹洞,里面有一个平平展展的油布包。

陈平放下石头打开油布包,发现里面是一本书,一本看上去年代相当久远的羊皮书,封面上写着四个黑字:古今异术。陈平的好奇心一下子被勾了起来,打开书一看,里面居然记载着许许多多不可思议的巫术,其中有一页引起了陈平的注意,那一页的标题是"痴心说梦",写的是无论想达成什么心愿,只要按以下写的去做,无不心想事成,只是……

陈平欣喜若狂,这样一来自己不是既可以绘画又可以有好成绩了吗？可当他看完这页的全部内容后，却神情黯淡下来，把书收进了包里。

陈平想着这本古书，抬起头对陈渭南轻声说："爸，我问您一件事，假如让您在儿子和名牌大学间选一样，您选什么呢？"

陈渭南正在气头上，斩钉截铁地回答："我要名牌大学，一个不争气的儿子不要也罢！"

陈平听了这话，脸色变得像纸一样苍白，瘦弱的身体摇摇欲坠，半晌才抬起头，眼里满是泪水地说："爸，我答应您，明天起我一定好好学习，而且一定会考上名牌大学！"

第二天，陈平真的就像变了个人似的，对学习表现出从未有过的浓厚兴趣，拼命钻研，一丝不苟，更让人啧啧称奇的是他在学习方面的能力也直线上升，如有神助。没过多久，各学科的任课老师都对陈渭南说："陈老师，人家是名师出高徒，你家是名老子出尖儿子啊！甭看你家陈平一直松松垮垮的，一到关键时候却来神了，还是你行啊，佩服佩服！"

陈渭南听了这话心里自然是像喝了蜜似的甜，可又隐隐觉得儿子的开窍来得太突然了，多年的教学经验告诉他这样的神话是不可能出现的。莫非儿子在作弊？他偷偷地问各位老师儿子是不是有作弊的情况，老师们听了都直摇头，说那怎么会呢？很多时候难题只有陈平一个人做得出来，作弊之说又从何谈起？

陈渭南这下算是信了，开心得不得了，可时间一长，陈渭南发现一个问题：儿子的脸色一天比一天苍白，原来瘦弱的身体更是弱不禁风。陈渭南忍不住劝儿子说："陈平，你肯学习爸高兴，可也不能太用功了吧？学坏了身体就……得不偿失了。"

陈平听了这话，眼睛一亮，望着爸爸说："爸，你不是要我一定得考上名牌大学吗？你不是不想要没出息的儿子吗？时间不多了，不用功能考上吗？除非你收回你的话，否则我只有拼命地学，直到……"陈平说到这，眼睛里又闪动着泪光，似有难言之隐。

陈渭南虽然很是心疼，可还是坚定地摇摇头说："我不收回我的话，我决不能容忍我的儿子考不上名牌大学，你放心吧，爸一定会给你加强营养的。"

陈平听了这话，眸子里刚闪过的一丝光彩又黯淡了。

高考终于在令人窒息的气氛中结束了，陈平却在考完后病倒了，而且病得不轻，双眼深陷、面容枯槁，皮肤又白又薄，就像是透明的一样。陈渭南的心都被掏空了，他带着儿子到各大医院看，可医生给他的答复都是摇头叹息，说："他现在情况不是很好，身体很虚弱，但究竟是什么原因，暂时还检查不出来。"

陈平又回到了家里，静静地躺在床上不言不语，眼睛却一天到晚睁着，望着门外，似乎在等待着什么。伤心欲绝的陈渭南低声说："陈平，你是不是在等待大学录取通知书？你放心，凭你的成绩一定会考上的，到开学时爸爸送你去上大学好不好？"

陈平却慢慢地摇摇头，陈渭南想了想又说："什么大学录取通知书，我们不稀罕，考不上又怎么样？条条大路通罗马嘛，是不是？"

陈平听了眼猛地一亮，但微弱的亮光像流星一样一闪而过，只是用低得听不见的声音说："爸，你早点说这话就好了。"

大学录取通知书终于到了，陈渭南欣喜若狂，是全国一流的名牌大学啊！儿子这下有救了！他兴冲冲地拿给儿子看，希望他能因此而振作起来。谁知陈平别过脸看也不看，依旧痴痴地睁着眼望着门外，陈渭南不禁惊奇：儿子到底在等什么啊？

这天，门突然被"笃笃笃"地敲响了，正在昏睡的陈平一听敲门声竟一下子睁开双眼,大声说:"爸,来了!来了!"

谁来了?陈渭南跌跌撞撞地打开门,看到门外站的是一位邮递员,邮递员递过来两封信,陈渭南一看就愣住了:其中一封又是大学录取通知书!却是一家美术学院的。这是怎么回事?

陈平接过通知书,睁大眼贪婪地看着,双手抚摸着,紧接着,他又吃力地打开另一只信封,里面是一张通红的获奖证书,陈平的一幅画竟获得了全国大奖!

陈平笑着说:"爸,对不起,有件事我一直瞒着你,我太喜欢画画了,终于忍不住画了一幅画参加了比赛,不想竟然获奖了!还有,我瞒着您报考了美术学院,想不到也考上了,只是、只是,我上不了了!"说完这些,美术学院的录取通知书和绘画获奖证书从陈平手中滑落到地上,陈平带着快乐和向往的表情闭上了眼睛。

陈渭南在收拾儿子的遗物时发现了一本奇怪的羊皮书,封面上"古今异术"四个黑字惊心动魄,翻开书,里面记载的全是一些匪夷所思的巫术,翻到其中一页更是触目惊心,因为那一页全被暗黑的血湿透又凝固了,不过此页的标题还清晰可见:痴心说梦。再看内容,写的是只要按以下方法施行,无不心想事成,代价就是要用血液和体力交换……

儿子一夜开窍的智力、突飞猛进的成绩、鲜血凝固的巫术、憔悴枯槁的脸色——浮现在陈渭南眼前。他质问自己,要儿子考上大学究竟是为了谁啊?是真的为了儿子还是为了自己那可怜的自尊心?陈渭南失声痛哭起来:"我不要什么名声,我只要儿子,是我害死了儿子……"

(梅　冰)

(题图:刘斌昆)

预约死亡

费拉特尔失业好久了,他穷困潦倒,已经到了走投无路的地步。虽然他的哥哥是"小母牛乳品公司"的大老板,但这个哥哥很势利,已经有十五年不和他往来了。

这天,黄昏时分,天上下着细雨,街上的路灯显得一片迷蒙。费拉特尔失魂落魄地在雨中走着,他的钱包里只剩下三个法郎了。此时,雨越下越大,他只能到一个电影广告栏前躲雨。广告栏里贴着一张片名叫《死亡边缘》的巨大电影海报,他想起,在这个电影里他曾经充当过跑龙套的角色,那次跑龙套,他得到了好几天的饭钱,可现在连这样可怜的机会也没有了。他感到疲惫不堪,想赶快回家去,可是当他想到妻子和四个嗷嗷待哺的孩子,他又停住了脚步,犹豫再三,终于鼓起勇气来到了一家店前。

这家店,名为"皮尔殡仪馆"。费拉特尔看见殡仪馆老板皮尔正挺着大肚子，傲慢地站在门前欣赏着街上的雨景。费拉特尔虽然和皮尔是中学同学，但平时他非常讨厌这个商人，从不与他来往。可是今天，他实在无路可走了。

出乎意料的是，皮尔老板竟然十分热情地邀请这位落魄的同窗进屋去暖和暖和。费拉特尔机械地跟着他走进了一个摆满了棺材的大厅，那阴森森的大厅，令人毛骨悚然。

坐下后，皮尔老板不断地向老同学夸耀自己的生意经，他自负地指着马路对面的一家"茂伊殡仪馆"，说："这些蠢货只知道等死人上门，而我，在人们健在的时候就把生意预约好了，这需要手腕，需要天才，需要创造和想象……"

皮尔说着说着，突然把话题一转，说："老同学，我非常欢迎您做我的顾客，并愿意资助您五百法郎作为预约费……"

"这……"费拉特尔不知所措地张大了嘴巴，一时不知如何回答。

"其实这很简单。"皮尔说，"只要您写一份遗嘱，要您的哥哥以后为您在皮尔殡仪馆安排一个第一等的葬礼就行了。"

费拉特尔呆住了，他正想说什么，这时皮尔从口袋里掏出了五张一百法郎的钞票摊在桌上，以一种诱惑的、主宰对方命运的口气说："你想过没有，这能买多少东西？至少它能使你不再挨饿受冻！"

费拉特尔的内心在痛苦地煎熬着，可是为了家里的妻子孩子，他违心地接受了五百法郎的死亡预约金，费拉特尔木然地拿起笔，按照皮尔的口述，写下了自己的遗嘱。

费拉特尔精疲力竭地回到家里，已经是晚上八点多钟了。五百法郎，给全家带来了一片欢笑，妻子很快买回了面包、火腿和酒。费拉特尔凄楚地望着欢天喜地的妻儿们，看着孩子们狼吞虎咽地吃着，他却无法下咽，他觉得孩子们每吃一口，都像在咬他。

这以后，费拉特尔的生活更加凄惨了，他每天出门，都要从皮尔殡仪馆门前走过，他总是低着头想悄悄溜过去，可是皮尔那令人惊恐的话语却从未放过他："喂，老同学，您身体怎么样？"

"不……不太好……"他只能讷讷地苦笑着回答。他懂得皮尔这句问候话的本意，他拿了别人的五百法郎的预约金，别人在等他死呢！这样每天的精神折磨，他生不如死，他意识到已经出卖了自己，又拿不出这笔巨款去赎回自己的生命，他不得不郑重地考虑死！

圣诞节的早上，费拉特尔收到一张明信片，上面只有一句话："皮尔先生对费拉特尔先生怀着美好的期待！"费拉特尔拿着这明信片，心惊肉跳，他明白皮尔等得不耐烦了，想在最短期间内要他的性命，他觉得天旋地转，一夜不曾合眼，蒙眬中似乎看见皮尔拿着那份遗嘱走到床前，他吓得大声叫道："皮尔先生，我一定尽快履行我的诺言！"被惊醒的妻子使劲把他摇醒，打断了他的梦呓。他只觉眼前漆黑一片，他已无路可走，他必须病倒，必须死！

第二天，费拉特尔走进一家药店，买了一盒安眠药，他准备对皮尔说："欠你的债，今天就可以清了！"

费拉特尔拖着沉重的步子走到皮尔殡仪馆前，可是馆门紧闭着，连铁栅栏也放了下来，门口贴着一张双重黑框的告示："因丧事而停业。"费拉特尔觉得奇怪，他忐忑不安地问看门的女人，能否让他见见皮尔老板。那女人上上下下打量了他一阵，然后冷冷地说："老板昨晚心脏病突发，死了，里面正在为他举行葬礼！"

费拉特尔如释重负地长出一口气，靠死人为生的人死了，做死亡预约交易的老板死了，自己又成了自由人。费拉特尔呆呆地伫立了很久，他在想：我，我应该到哪里去呢？他抓了抓头皮，终于慢慢地穿过街道，推开了马路对面茂伊殡仪馆的大门。

"先生，"费拉特尔自我介绍说，"我是'小母牛乳品公司'老板费拉特尔先生的弟弟，我想和你们谈一笔生意……"那家殡仪馆的老板受宠若惊地欢迎这个财神爷的到来，于是，费拉特尔又给茂伊殡仪馆写了一张遗嘱……

(改编：余　弋)
(题图：箭　中)

紫檀床

毛朗是个老板，更是个收藏爱好者，在各种藏品中，他最喜欢明清的老家具，一旦发现好东西，他往往不惜血本也要搞到手。

这天，毛朗接到一个神秘的电话，听声音对方是个老婆婆："你是搞收藏的吧？我家里有一件大家伙，清代的好东西，你过来看看吧。"

毛朗一听，来了兴趣，忙问："你在哪儿？"老婆婆说："离你那儿三十里之外的安礼屯。"

毛朗放下电话就出发了，他开车一路打听赶到了那个叫安礼屯的村庄。这时，老婆婆又打来电话："村子里有座清代老建筑，你找一个叫安基的人。"

毛朗还想问详细点，老太太却把电话挂了。

毛朗开着车在村子里转了一圈，也没发现什么清代老建筑，后来看见一个白胡子老头坐在墙根下晒太阳，就下车问他，安基住在哪儿。

老头儿奇怪地看了毛朗一会儿,然后用手杖一指对面儿座老坟,说:"安基在那儿,坟包最大的那个。"

毛朗一怔,给老头儿递上一支香烟:"我找安基的老宅子。"老头儿又拿起手杖,顺着街道一指,说:"走到尽头向右拐,门上有块'进士宅'木匾的那户就是。"

在老头儿的指引下,毛朗将车开到了一座老宅子前。这宅子外面看不出有什么奇特,等毛朗走进去后,才感觉一种古朴之气扑面而来,里面的屋子宽敞高大,门窗精雕细琢,尽管年久失修,却不难想象当年的辉煌气派。

这时,一个弓身驼背的老婆婆,从挂着门帘的屋里蹒跚着走出来,也不说话,就把毛朗领进了里屋。一进屋,毛朗就被一件造型奇特、体积巨大的家伙给吸引了,只见那大家伙蒙尘含垢,像座黑乎乎的小木屋,里面安放着架子床,床上有堆破棉被。

毛朗谨慎地问道:"多少钱?"

老婆婆向他伸出一根骨瘦如柴的手指,用沙哑的嗓子说:"一千万。"

毛朗给她报出的数字吓住了:"一架旧木头,哪值那么多?"

老婆婆看看毛朗,拍拍那大家伙上两块方方正正的相面儿:"看看这雕板,"又拍拍高大的廊柱,"看看这材料,"最后一指里面那堆破棉被,"闻闻这味儿。"

毛朗笑了:"难道要我闻您老的脚丫子味?"

老婆婆脸上显出不高兴的神色,爬进木屋子抱出破棉被要毛朗闻,毛朗不得已只好闻了闻,奇怪了,看似油污破败的旧被子,竟然散发着淡淡的异香,连老婆婆身上也是这种香味。

老婆婆幽幽地说:"这木材能除臭生香,衣物在上面放久了,就会薰上香味儿。"

平日里,毛朗有一套将看中的好东西往烂里损的生意经,这会儿又习惯性地说开了:"谁知道是不是您喷上了香水,这黑污油腻的,怎么看都是一架烂木头。"

这句话可惹恼了老婆婆,她颤巍巍地走到门口掀起旧帘子,把毛朗往外轰:"你哪儿来的,还是回哪儿吧。"

毛朗忙赔不是:"我不是说您这床不好,我是稀罕能把被子熏香的木材,咱有话好好说,对于木材我多少也懂点行。"

老婆婆一听就更不高兴了:"敢情我家的东西倒没有你清楚了?你走吧,我要睡觉了。"

毛朗哪舍得就这样错过眼前的宝贝,只是赖着不走。老婆婆越发生气:"我还是留着自己睡,走吧走吧。"说着和衣躺在床上,不一会儿就响起了鼾声。

毛朗只得回去了。他想了一夜,那张床太勾他的魂了,不说木料,仅那雕板就让他着迷,那绝对是能工巧匠的力作。他见过的古床也不少了,但如此做工考究零件繁多的,还是第一次看到。这床在其流行时,往往是主人身份和资产的象征,非小户人家所能拥有。

第二天一早,毛朗就开车去了老婆婆家。只见老婆婆的院子里堆放着许多烂木头,老宅墙上电线盘结,看得出电线老化得很厉害。

对于毛朗的再次造访,老婆婆一点也不意外,此时,那张床已被她里里外外擦拭得干干净净,静穆中显出一种古老幽雅的紫黑色。毛朗被这床的原色震了一下:难道真的是木中极品小叶紫檀?

老婆婆的衣着看起来也比昨天整洁了许多,她冷冷地说:"年轻人,真要不识货,来一百次也白来。"

毛朗赔笑道："那是那是，我眼拙。"话虽如此，毛朗今儿却是有备而来，他先仔细看了看床的构件，只见床所有的围子、细部，都是用很小的木头攒插起来的，没有用一根铁钉，床高接近三米。毛朗拿出一团酒精棉球，在木头的表面擦了擦，棉球上立即染上了紫红色，毛朗不由心中一阵狂喜。

老婆婆将毛朗的这个举动看在眼里，说："年轻人，你哪是眼拙，心里精明着呢。"毛朗有些尴尬："眼看不准的东西，只有靠这常识了。"

老婆婆追问："这次确定是什么木材了吧？"毛朗迟疑着不肯立即下结论，老婆婆有点不屑地说："你这样也算懂行？紫檀木啊！"

毛朗露出一副难以置信的神情，说："正宗的紫檀木多来自南洋，大些的紫檀木要数百年才成材，在明清两朝已经被砍伐殆尽了，您这床要全是紫檀木的，那就真的是绝世无双了！"

老婆婆得意地说："过了这个村就没这个店了，好东西不要错过。"

毛朗小心地问："一千万也太多了，能不能少些？"老婆婆毫无商量的余地："安基要的就是这个价，少一分都不卖。"

毛朗疑惑地问："安基到底是谁？"老婆婆凑近毛朗说："安基是这床的主人，小伙子，买好东西要趁早。"

毛朗再次闻到老婆婆身上那种古雅浓厚的檀香味，他为难地说："一千万，我真没有。"老婆婆想了想，说："那你连我一块儿带回去，就不用付一千万了。"

毛朗一听，哭笑不得："哪有买家具带活人的？"

老婆婆一下子生气了，又开始赶毛朗走："走吧走吧，你没有诚意哪能买到好东西？"

毛朗被老婆婆一直推到大门外，他在门外傻傻地站了一会儿，愤愤地想："真是个古怪的老太太,我买床难道还有义务把她带回家养老?"

离开老宅后,毛朗一拐弯又看到了那个白胡子老头儿,还是坐在墙根下晒太阳,毛朗下车又递给老头儿一支烟:"老人家,您知道安基是谁吗?"

老头迟疑片刻,缓缓地说:"他是光绪五年的进士,才学一等,可就有一点不好,特爱财。"毛朗看老头一副昏昏欲睡的迟钝样,也不知他说的是哪时的老话,觉得问不出什么,只好离开了安礼屯。

毛朗回到家后,怎么也舍不下那张檀木拔步床,还老觉得心神不安,像有什么事要发生似的,在家里坐立不安地烦躁了半天后,就又开车去了安礼屯。当他进村子时,已经是傍晚时分了,此时太阳已经下山了,安静的村子蒙上了一层神秘的雾霭。

突然,毛朗发现不远处有一户人家着火了,而且火越烧越大,许多村民都跑去救火。毛朗仔细一看,只见那大火就在老婆婆家所在的方向,他不由大吃一惊,拔腿就跑。跑到一看,着火的果真是老婆婆家,老宅子里火光冲天,烟火中飘出一股浓郁的香味,一村人都不知道这是什么异香,只有毛朗知道这是古雅的檀香。

老宅的门锁得牢牢的,有村民奇怪地说:"这老宅子空置了这些年,怎么突然着火了?救火要紧,打破这门吧。"大家七手八脚撞开了厚实的木门,可里面火势太凶,没人敢冲进去。

毛朗着急地对村民说:"里面有个老婆婆,快救出来吧,还有一张床。"村民们都诧异地看着他,说:"这老宅子里十几年没有人住了,哪有什么老婆婆?"

空气中的檀香味越来越重,毛朗更着急了:"有张床在里面!"一个上了年纪的老人说:"这是安进士安基的老宅子,里面是有一张老旧的床,样子不错,因为这老宅子里的几代人都是死在上面的,村子里没有人打那破床的主意。"

这场火直烧到半夜才熄灭,空气中弥漫着浓浓的檀香味。毛朗眼睁睁地一直等到大火熄了,看着老宅彻底成为一片废墟,这才恍恍惚惚地离开了。

那晚,毛朗回到家睡下,刚一闭眼,就见老婆婆走过来埋怨他说:"你也太笨了,安基要的那一千万,你只要多买些冥币去他坟前烧化了,买卖就成了。我早知道老宅里那老化的电线会引起一场大火,可还是没有躲过被烧成灰烬的劫难啊!"

毛朗吃惊地问老婆婆:"安基早就死了!你又是谁?"老婆婆叹了口气说:"我就是紫檀床。"

(吴卫华)
(题图:谢 颖)

杀狗

石马村南首的李旺,黑得像块炭,村上人却叫他"牙膏"。

那时农民还在"生产队"里干活记工分,牙膏不务正业,队里的活不想干,专干杀狗的活。

牙膏不上队里干活,自有他的道道:他杀了狗,不是给队长送个狗肚子,就是送挂狗肠子,小恩小惠行贿队长。有一回队长说要补补,牙膏就送了副狗鞭给队长,还说吃什么补什么。队长吃过狗鞭,拍着牙膏的肩膀连说管用。

有一回,牙膏转了几个村也没买到狗,下午早早就回来了。他没有走大路,却抄田间小道回家,路过玉米地时,听到有人说话,他躲进玉米地想看个究竟,没料想从玉米地里一前一后走出来的竟是队长和自己的老婆!

回到家,牙膏一把抓过老婆的头发,铁青着脸问:"怎么回事?"

老婆说:"他是队长,他打我的主意,我有啥法?你不想干活挣工分,要不是队长给我记整劳力工分,你吃屎也赶不上热的。"

牙膏松了手,牙咬得"咯吱咯吱"直响,从此再也没给队长送狗鞭。

这天,天刚过响,牙膏在小王庄买了一条狗,他费了好大的劲,才用绳扣把狗勒得咽了气,又用绳捆住狗的四蹄,用扁担一头挑起来甩在背上。

牙膏回到家,喝瓢凉水,抽支烟,找出早磨得雪亮锋利的剔骨刀,准备剥狗皮。按当地的习俗,剥皮之前要挖个坑,将狗"埋"一会,借地气去狗腥,没想到那狗在坑里埋了一会儿竟还醒了过来,四蹄乱蹬,"汪汪"乱叫,吓得牙膏一蹦三尺高。牙膏拿绳再去套狗,那狗龇牙咧嘴,套了几次也没套上。牙膏火了,骂道:"你就是挨千刀的队长,我今天也得剥了你不可!"

牙膏找来铁叉,叉住狗脖子,狗头就动弹不了啦,但狗嘴仍"呜呜"直吼。牙膏一脚踩上铁叉,把狗脖子狠狠地叉在地上,再使劲踩,狗撒了几滴尿就不动了。牙膏怕狗没绝气,便两脚踩在铁叉上,使劲晃动,直到狗一动不动才罢手。

牙膏把狗嘴撬开,将绳子扣在狗牙上,朝树上一挂,狗就吊起来了。牙膏唾了一口,说:"你是队长啊,我怕你是不是?"牙膏说着,用刀割开狗的上下唇,从下唇中间顺着狗肚皮一刀划到狗腚上,狗皮划开了。然后,他将刀咬在嘴里,两手抓住狗嘴皮,猛地朝下一撸,那狗皮像脱件衣服一样,一下子撸到两条后腿上。看着血红血红的没有皮的狗,牙膏突然一阵狂笑:"队长的人皮,我也照样给他剥下来!"

牙膏准确无误地将狗肚子割开来,掏出内脏扔在瓦盆里,然后,牙膏就把剥皮开膛的狗扔在案板上,一边用剔骨刀卸着,一边说:"这是队长的左胳膊,这是队长的右胳膊,这是队长的胸脯,这是队长的后腰,这是队长的左大腿。这是队长的右大腿……"

接着,牙膏又恶狠狠地一刀将狗鞭割下来,咬牙切齿地说:"这是队长的狗鞭,我一刀断了你的'根'……"

牙膏正卸得起劲,堂屋门突然开了,牙膏的老婆一头窜出来,跪在牙膏跟前,说:"不得了啦,他死了……"

牙膏没想到老婆在家里,着实吓了一跳,说:"谁死了?"

"队长。"

"队长在哪?"

"在我们屋里,你……你把他害死了……"

牙膏手里的剔骨刀"当啷"一声掉在地上,说:"我杀狗,没杀队长!"

牙膏是没杀队长,可刚才他在杀狗时,队长和牙膏的老婆正在里屋偷情,牙膏嚷着、宰着、剥着、卸着,把个队长吓得心惊肉跳、魂飞魄散,后经法医鉴定,队长的胆破了……

(李　琳)

(题图:黄全昌)

出租车上有鬼

小伟最近看到出租车,总是忍不住要偷笑,这事儿要从一个月前的那个午夜说起。

那晚酒宴散得晚,他从酒楼出来,在冷冷清清的街头,醉醺醺地招了辆出租车。可刚上车坐稳了,就想起自己身上就剩了点零钱,根本不够坐车的,一阵紧张让他的酒劲醒了几分,不过一转念,他就想出了个好主意。

小伟对司机说了个挺远的目的地,说完就仰在座位上,装出沉沉大睡的样子。

车开得很快,没多会就到了远离市中心的偏僻处,司机正专心开车,突然听到了小伟阴阳怪气的声音:"嘿,眉眉,你什么时候上的车?"司机从反光镜里一瞅,看见小伟正侧身和空气对话,并且满面的惊讶和专注。司机大惊,一个寒颤打下来,整个身体都有点僵硬了。

小伟继续说道:"听说两个月前你不是和那个谁走了吗?到哪儿去了?"

司机当然听不到有什么回答,却看见小伟频频点头,然后长叹口气说:"唉!那些南来北往的人是靠不住的。你也不要生气嘛!别想不开。这不回来了嘛,回来就好。今儿个我喝得多了点,明天吧!明天请你吃饭。对了,你回来后还在那儿住吗?"

小伟"嗯"了一声,然后转脸对司机说:"师傅,听到了吧!先到工人路口去一下。"

司机哆哆嗦嗦地应道:"好、好。"

就要到工人路口了,小伟一脸郑重其事的样子侧着身子说道:"听我的,不要想不开了,从头做起嘛,日子长着呢!以后有什么事就尽管找我好了。谢?谢什么呀!好了,你到站了,我来帮你开门。"此时车已停……

似乎有人从车中出来,这时小伟笑着说:"那好吧!明天我打电话给你。对了,电话让我记一下。"

小伟一手将车门带上,另一只手在身上摸索着,口里还说着:"你说吧!我这就记。"

司机早被吓坏了,车门刚关上,他赶紧大踩油门,逃之夭夭。小伟那个乐啊,车走了不要紧,他家就住在工人路口,到站了。

自打这次,小伟玩恶作剧还玩上瘾了。这一个月里,他又乘了三回霸王车,要不怎么说他一看见出租车就忍不住要笑出声呢!

这天，小伟加完班从办公楼出来时，已是月黑风高之夜了。小伟招呼了一辆出租车，他决定故伎重施。

出租车起程了，小伟装作昏昏欲睡的样子，过了一会，他微微睁开了眼，侧身转头看。

"嘿！你什么时候上的车？"小伟突然正襟危坐，满面惊喜地说。当然，这时候他也没忘记用眼睛的余光看一下司机的反应。

"好久未见你了，最近忙什么呢？"小伟煞有其事地问。接着他点着头，听着那个眉眉回话。

就在这时，司机突然开口说话了："这就好了，你们以前就认识啊？"

这回轮到小伟吃惊了，他结结巴巴地问司机："认识、认识什么呀？"

司机慢吞吞地说："娜娜呀！你刚才不是在和她说话么！对了娜娜，你们什么时候认识的？"

这回换成小伟吃惊了，他下意识地往旁边让了让，身上出了层细汗。

"唉！"司机一腔悲痛地说了起来，"要说娜娜这孩子真苦哇！要说这事都怪我。娜娜，是我害了你。"小伟不明白司机在说什么，只是觉得车里气氛越来越不对劲。

"兄弟，"司机顿了顿继续说，"以前呢，我是在殡仪馆开灵车的。你要知道，开那玩意儿邪气。去年接二连三地出现怪事，吓得我是不敢再开了，不管工资给我多高。辞职后，我就开起了出租车——我也四十多岁的人了，干不了别的，只能开车。开就开呗，可半年前，唉！我怎么就把娜娜给撞了呢！"

司机边叹气边转脸过来，对着小伟身边的空气继续表示歉意："娜娜呀！我对不住你呀！你正上大学——"

这时候，对面开过来的车的大灯，把黑暗中司机的脸猛然照亮，一张苍白的脸和一口参差错落的牙,看得小伟是心惊肉跳,一声"哇"字脱口而出。

可那司机根本不管小伟什么反应,接着说:"娜娜,我知道了,我好好开车,不来回看了,你别生气。"

稍停了一会儿,司机又说:"知道么兄弟,娜娜还小,阳寿未尽呀!她无处投胎,也无处可去,所以每天就呆在我车上。对了,兄弟,娜娜刚才说她不认识你呀,你是不是认错人了?你再仔细看看。"

这时,惊恐万分的小伟真的隐隐约约觉得身边有些什么似的,他受不了了,大声叫道:"我到了,就停在这里。"

车缓缓靠近路边,还未停稳,小伟就想夺门而出。司机不紧不慢地回过头来说"嘿,兄弟,别忘了付车钱。"

小伟忙从口袋里摸出一张百元钞票扔给司机,然后拉开门就下了车,一路狂奔。

"嘿,兄弟,等我找你钱!"司机望着小伟惊慌逃跑的背影,笑了笑,摇了摇头自语道:"最近听别的司机说碰到这事,我还不信,年轻人呀!学什么不好,为了坐几回霸王车,学人家'人鬼情未了',又学不像,胆也太小了!"

(老　海)

(题图:安玉民)

劫匪遭遇阿拉斯加

山本是一名身怀绝技的独行大盗。最近,他盯上了美国阿拉斯加州某座城市的一家艺术品商店。

根据可靠消息,这家商店的老板名叫宋桥,是一位七十多岁的华裔商人,他手里,有一件价值不菲的宝物。宋桥孤身一人,以店为家。他雇用了三个店员,其中名叫杰克的这个小伙子和宋桥亲如父子,杰克知道宋桥的全部秘密。山本决定,就对杰克下手。

一天晚上,山本劫持了杰克。杰克虽然也是个强壮的小伙子,可是在身为空手道黑带高手的山本面前,全无还手之力。山本驾驶着飞机,把杰克带到几百里外一处无人的荒野,向他逼问:"说,那个老头到底藏着什么值钱的东西。"

杰克的脾气很倔强,有关宋桥的秘密,他一个字也不肯透露。山本除了用诡计套问出宋桥手中确实有件宝物之外，没有得到任何有价值的线索。可是对于山本这样的高手，套问出这一点，已经足够了。

山本把杰克一个人扔在荒野上，只留给他一把匕首，就驾驶着飞机离开了。阿拉斯加位于北美洲的最北部，这里地广人稀，到处都是这种荒野。如果运气好，杰克可能会遇到过路的车辆。如果运气不好，就只能一个人饿死。运气再差些，还有可能遇到饿肚子的狼。杰克没有办法，只好一个人在荒野里跋涉，希望能遇到救星。

山本把飞机开回城市，趁天亮前睡了几个小时，然后就来到了宋桥的商店。他先是围着商店转了一圈，掐断了店里的电话线，然后进了店径直走到柜台前面，一掌，劈开了石头砌成的柜台。

商店的老板宋桥和两名店员，刚刚打开店门，想不到第一个进来的竟然是个强盗，他们吓得呆住了。山本恶狠狠地告诉两名店员，让他们去把店门关了，窗帘也拉上。谁不照做，他就会立即拧断他的脖子。店员们照他说的做了。

然后，山本来到了宋桥的面前："老头，我听说你这里有件无价之宝。我今天来这里，就是想得到它。"

宋桥叹了一口气，遇上了强盗，真是没办法的事。他想了想，走到保险柜前，拿钥匙打开了，从里面取出一幅画来。画的是观音，慈眉善目，仙风道骨，像活的一样。

"果然是好画，"山本点了点头，"它有什么特别之处吗？"

宋桥示意两个店员，把灯关上。关了灯的店里一片漆黑，可是那张画，却亮了起来。就在观音的头上，画佛光的地方，竟然发出了绿色的光芒。果然是一幅神奇的画。店员重新打开了灯。宋桥看到，山本的表情一点也不满意。

"老头，还有别的吗？在画上涂荧光粉的事，我很久以前就会干了。"山本一脸质疑地说。

宋桥知道，自己遇上了行家。他只好揭开了墙上的一幅画，露出后面隐藏的一道暗门，从里面取出一尊金光闪闪的佛像。这佛像挺着大肚子，看着山本直笑。

山本伸手敲了敲佛像的头，看着宋桥说："听声音，这可不是纯金的，莫非它也有什么特别之处？"

宋桥点了点头："这佛像，能区分善恶。"

说完，宋桥取出两张不大的宣纸，用毛笔在上面各写了一个字，一个"善"字，一个"恶"字。他把写好的两张纸揉成两个团，放在一个小碟子里，端到了佛像的面前。只听"嗖"的一声，其中一个纸团弹了起来，飞到了佛像的手里。宋桥取下纸团，向着山本打开——上面正是一个"善"字。

山本一边大笑，一边冲着宋桥鼓起掌来。鼓完掌，他仍然微笑地看着宋桥："老头，我听说有一种造纸的方法，可以把铁屑造进纸里。我还听说有一种铸佛像的办法，把磁石铸进佛像的手里……"

宋桥见还是没骗住劫匪，头上的汗都冒出来了，他只好说："没有了，我这里，都是骗人的东西。"

"老混蛋！"山本骂了一声，一把抓住宋桥的衣领，把他提了起来。宋桥的呼吸困难起来，但是看着山本的目光并不慌乱。可是山本随即说出的一句话，重重地打击了他。

"杰克在我手上，"山本说，"如果你不拿出点什么他就没救了。"

宋桥露出了痛苦的表情。怪不得杰克今天没来上班，原来他被眼前这个人绑架了。

宋桥向来把杰克当成自己的儿子看待，当然不会不顾及他的生命。

宋桥无可奈何地，从一堵墙的夹层里，取出了一幅绣作，那上面，绣着两条栩栩如生的金龙，张牙舞爪，似乎随时都要冲出来。

山本一把夺过绣作，仔细地看了看，说："这是一幅苏绣，是宋代的东西，《清秘藏》中有记载。"

"这是我唯一一件值钱的藏品了，我可以用它换回杰克的命吗？"

"这个嘛，"山本笑着说，"你们得先跟我上一趟楼顶。"

宋桥知道自己遇到了真正的高手，因为只有懂行的，才知道这幅绣作的秘密。绣作绣得很是奇巧如果透过阳光去看，可以看见，那两条金龙能够变幻出七种颜色。宋桥没有办法，在两名店员的搀扶下，跟着山本爬上了三层楼的楼顶。

到了楼顶，山本发现旁边一座高楼挡住了大部分的阳光，他只好走到楼顶的边上，举起绣作观看。果然，透过阳光看去两条金龙变成了七色的，像是两条飞舞的彩虹。

"不错，老头，这是真的！作为奖赏，我现在可以告诉你杰克的方位了。"山本接着说出了昨晚他扔下杰克的位置。

"你……你到底把杰克怎么样了？"宋桥用颤抖的声音问。

"放心，我只图财，并不害命。他只是被我扔在那里了。你现在去救他，应该还来得及，但愿他没有被野狼吃掉。好了，我该走了！"山本收起苏绣准备离开。以他的身手没有人能拦住他。可是，他忽然看到了宋桥和两位店员异样的目光。他们都吃惊地盯着自己的身后。山本的身后有什么？

"杰克！"宋桥忽然冲着山本的身后大喊了一声。与此同时，那两名店员也跟着大叫杰克的名字，难道杰克这时正在山本的身后？

下意识地，山本回头看了一眼。他竟然看见了杰克！不过杰克没有站在楼顶，而是站在半空中。杰克的身材也和原来不同了，大约有原来的三倍那么高大。他的全身衣服破烂，狼狈不堪，但是目露凶光，很坚决地，拿着一把闪亮的匕首，向山本俯冲过来。

站在楼顶边上的山本从来没有见过这样怪异的景象吓得脚下一滑，从楼顶直摔了下去。他真的不愧是空手道的黑带高手，只是摔断了双腿，却没有摔死。

三天后，杰克被搜索队从荒野里救了回来。那天他真的遇到了狼，并且拼尽全力杀掉了它。

原来，阿拉斯加每年的六七月间，城市的上空，经常会有海市蜃楼出现。杰克扑向狼的那一刻，竟然也出现在了海市蜃楼里，又刚好被山本看见，并吓得他从楼顶摔了下去。

通过海市蜃楼制服劫匪的，古往今来杰克是唯一的一个。

（薛　猛）
（题图：佐　夫）

无来电显示号码

李娟的丈夫出国了,热闹的二人世界一下子冷清了下来。李娟每天下班回家后总感觉没事干,晚上睡觉还睡不着,搞得自己委靡不振的。

这天早上,她早早来到公司,办公室里就她和吕红两人。这吕红是今年刚来的大学生,平时叽叽喳喳说个不停,可今儿太阳从西边儿出来了,小姑娘低着头坐在那儿一声不吭,李娟进门时,她连头也没抬一下,原来正在看书呢。李娟心血来潮,轻手轻脚地绕到她身后,想趁她凝神看书时大叫一声,吓她一跳。

李娟刚要"行动",谁知道吕红竟然"妈呀"一声尖叫,反把李娟吓得一屁股坐在地上。

"死小红！突然叫那么一声想吓死我啊！"李娟捂着胸口，还没缓过劲。

吕红看李娟吓成那样，也不好意思了，忙扶起李娟："娟姐摔疼了没？我不是有意的。都怪这本恐怖小说，越看越吓人，我忍不住就叫了出来。"

李娟好奇地问："啥？啥恐怖小说？"

吕红得意了，晃着自己手里的书道："娟姐，你落伍了不是？这可是现在最流行的恐怖小说，叫《无来电显示号码》，好多人看了都说写得跟真的似的，据说还吓死了好几个呢！"

李娟没看过恐怖小说，听吕红这么一说动了心，寻思反正自己晚上也无聊，不如也赶赶时髦。于是下班后，她也到书店买了一本带回家。

到了晚上，李娟忙完了家务事就躺床上看起书来。还别说，她刚翻了几页就来了兴趣，一下子进到故事情节里了，不知不觉地看了好长时间，等她放下书准备休息时，才发现已经是深更半夜了。

"啥恐怖小说啊？一点都不恐怖，不过还挺有意思。"她自言自语道。

她话音未落，床头柜上的电话响了，在寂静的夜里这铃声显得那么刺耳。

李娟正要接，突然发现电话上的来电显示屏上竟闪烁着"无来电显示号码"几个字！她不敢相信自己的眼睛，死死地盯住显示屏，脸色一下子变得苍白，呼吸也急促起来。这不是小说里的情节吗？李娟记得，那本恐怖小说里，几个女主人公就是在接到一个"无来电显示号码"的电话后死于非命的。这下，她真的感受到了这小说的恐怖！她越想越害怕，情不自禁地远离了电话机，双手紧紧捂住耳朵，紧闭双眼。

铃声仍然执著地响着，李娟仿佛已听到小说里的夺命恶鬼凄惨地召唤，一声接一声，离她越来越近了！

"冷静!我需要冷静!"她在心里默默告诫自己,头脑一下子清醒了许多。

她猛然想起,小说中提到只要把电话线拔了就没事了。

"对!把电话线拔了!"李娟打定主意,把电话线一下子拔了出来,铃声终于没有了。正当她长出一口气的时候,她的手机突然响了,手机显示屏还在一闪一闪的。

李娟哆哆嗦嗦地拿过手机,上面显示的还是"无来电显示号码"!此时她也顾不得那么多了,直接取下了手机的电池,这下终于没有声音了。

经历了刚才这一阵闹腾,李娟已是大汗淋漓,钻进被窝好长时间还难以平静,小说里的恐怖镜头一个一个在她脑海里出现,天快亮的时候她才昏昏沉沉睡着了。

第二天一早,李娟一上班就去找吕红,可办公室里的人说她今天一大早打电话请了病假,没来上班。

主任见李娟来了,拿来一堆文件要她整理。正在这时,李娟办公桌上的电话突然响了,吓得她把文件掉了一地。李娟壮了胆子去看电话的显示屏,上面赫然闪烁着"无来电显示号码"几个字!李娟的心都要跳出来了,哪还敢接?光在一边发抖。旁边的主任纳闷儿了:"怎么回事儿,电话响了半天都不接?"说着一把接起了电话。

李娟眼睛盯着主任,想着会发生什么可怕的事。主任拿着电话,嗯了两声,瞪了李娟一眼:"你丈夫的电话,这两口子搞什么嘛!"就把电话递给了李娟。

李娟接过电话,话筒里传来丈夫大明焦急的声音:"娟,你昨晚上咋不接我电话呢?"

李娟一听,立刻来了火气:"你,昨晚上的电话是你打的?"

"对啊,打家里电话没人接,打你手机也打不通,我还以为你出了什么事,今天要再找不到你,我就要报警了。"

"你还说!电话怎么显示不出你的号码?"

电话那头,传来了大明得意的声音:"你说这个啊,我刚装了个新软件,能打网络电话,不过在对方电话上是显示不出号码的。嘿嘿,拿普通电话打国际长途多贵呀,网络电话能省好多钱呢!对了,昨天晚上找不到你,我急死了,就给你的同事吕红打了个电话,结果她也没接,真奇怪……"

(姜鹏飞)

(题图:刘斌昆)

房东是个雕塑家

海伦是个三十多岁的独身女子,父母留给她一栋市中心的楼房,她靠着房租过着吃穿不愁的日子。海伦在巴黎读书时,曾跟着一个雕塑家当过几个月的学徒,所以,她闲着没事儿的时候,就喜欢给身边的人做雕塑。

几天前,刚住进来一个叫汤姆的年轻房客,是个刚毕业的大学生。他看到女房东专门有个房间放了很多雕塑,就多看了两眼。海伦自豪地说:"都是我的作品。"出于礼貌,汤姆说:"都挺漂亮的。"海伦高兴地说:"要不,哪天给你做一个?"汤姆点点头,说:"等我找好工作吧。"

这时大门响了,传来了一阵男女的嬉笑声,海伦皱起了眉头。过一会儿,一个中年男人和一个年轻女人相拥着进来了,汤姆给他们让了路,打了招呼，做了自我介绍。男人醉醺醺地说："你好，我叫费斯特。"然后指着女人说："她叫琳达。"女人笑着朝汤姆点点头，俩人从汤姆和海伦身边过去了。以后的日子里，汤姆隔三差五地和他们碰面，也知道了费斯特是话剧团的演员，琳达是个歌手，他们也不是夫妻，只是先后住进来的房客。费斯特住了快两年了，琳达是在几个月前住进来的。

经过一个多月的奔忙，汤姆终于在附近找到了一份工作。海伦比他还高兴："帅哥，找到工作了，哪天给你做雕塑？"汤姆这才想起来当时答应房东的事，就说："星期天吧。"

周日上午，海伦早早地敲开了汤姆的房门。汤姆出来一看，海伦已经把材料和工具都在院里摆好了，就等着自己这个模特了。汤姆一坐下，海伦就开始忙碌了起来。头像塑了一个多小时了，还是个模模糊糊的圆球，汤姆忍不住了，有些不耐烦。海伦不断地安慰他："差不多了，已经有形状了。等这个作品完成了，我请你吃海鲜。"汤姆高兴地说："一言为定。喝酒吗？"海伦忽然想起来一件事，问："你这两天见费斯特那个酒鬼了吗？"汤姆摇摇头，说："没看到。他不是经常和琳达在一起吗。"海伦自言自语地说："这俩人的房租都该交了。"又塑了一会儿，汤姆脖子发酸，实在撑不住了，就说："咱们下星期继续做吧。"海伦有些意犹未尽，只好说："下周我再找你。"

一个星期后的早上，海伦又早早地把汤姆叫出来当雕塑模特。刚做了没一会儿，房门被敲响了，进来了一个四十来岁的妇人："请问，贵宅的主人是不是一位姓海伦的小姐？"海伦抬起头答道："我就是。你想找哪位？"

"一位叫费斯特的先生是在这儿住过么？他是个话剧演员。"海伦没回答她，反问道："你是？"妇人答道："我是他的妻子。"海伦把妇人请进来，让了座。原来，费斯特的老婆和孩子都在另一个城市。上个星期，费斯特寄给妻子一封打印的信，说他不再爱她了，决定和一个叫琳达的女孩一起去浪迹天涯，去寻找真正的爱情。

　　海伦一边做着雕塑，一边对费斯特夫人说："这俩人都是我的房客。十来天前，他们同时失踪了。"一旁的汤姆也点点头说："是这么回事儿。"费斯特夫人说："能让我看看他住过的房间吗？"海伦说："可以。"

　　她们一起走进费斯特先生的房间，看到了几件简单的家具和一些没来及带走的衣服。费斯特夫人拿起一件外套看了看，海伦说："不好意思，费斯特先生现在不在，我不能让你拿走这儿的东西。"

　　费斯特夫人看了一会儿，和海伦一起走出了房间。她们出来时，经过了那个半敞着的房间，里面放着许多石膏头像。费斯特夫人被吸引住了，停住了脚步。海伦说："那是我的工作室。"费斯特夫人说："这些雕塑，都是你做的吗？"海伦点点头："是的。刚才你也看到了，我在给那个小伙子塑头像。"说着话，她请费斯特夫人进了工作室。费斯特夫人目不转睛地看着一个男人的头像，赞叹说："真像他！"海伦说："你说的是你丈夫的头像吧，这是我花了好几天才做好的呢。他旁边这个年轻女士的头像，就是琳达。其他这些，基本上都是我曾经的房客，还有我的朋友和亲戚。"费斯特夫人说："我丈夫的这个头像，能卖给我吗？"海伦迟疑了一下："我做的东西，不是用来卖的……"费斯特夫人说："可这是我丈夫的头像啊。我很想把它带回家，你说个价钱吧，我们可以商量。"海伦叹了口气，说："既然你真想要，就拿去吧，我也不收你的钱。"费斯特夫人千恩万谢地抱起了丈夫的头像，海伦给她找了个纸盒，又指着旁边琳达的头像问费斯特夫人："这个你不想一起带走吗？"费斯特夫人苦笑着说："恐怕还没拿出你家门口，我就忍不住摔了。"

送走了费斯特夫人,海伦继续给汤姆塑头像。汤姆说:"那个琳达的头像真漂亮。你给我塑的,就没有给她塑得好。"海伦笑着说:"还没经过最后加工呢。等塑成了,比他们那些人的都好。"又过了一个星期,汤姆的头像终于塑成了,他左看右看,说:"我感觉没有琳达的塑得像。"海伦说:"人都是这样,看自己的样子怎么都不像。我倒觉着,你的比她的还像。"

过了一年多,汤姆找了一份新工作,在城市的另一边。由于上班不方便,他就重新找了一处房子。临走前,他找海伦要了自己的头像。海伦说:"那个琳达的头像,你不是一直觉着好看吗,给你一起拿走吧,留个纪念。"

汤姆的新居面积很小,很多东西只能挤在一起放着。这天他收拾东西时,不小心碰倒了海伦送给他的那两个头像,他赶忙伸手,但还是没接住,两个头像都掉到了地上,碎了。他惊奇的发现,自己的头像是整个裂成了几块,而琳达的头像,只是被摔脱落了一层壳,里面竟然还有一个头像。他拿起琳达的头像,不禁毛骨悚然:原来,头像里的这个"头像",居然是个完整的人头骨!

汤姆一下子明白了为什么琳达的头像比自己的头像更加神似的原因。这个塑像,就是在琳达本人的头颅外面抹了一层石膏。汤姆想起了另一个和琳达摆在一起的头像:费斯特先生。那个头像也很逼真,难道也和这个一样?

几天后,海伦在警察局交代了一切。原来,生性风流的费斯特先生住进海伦的房子不久,就勾引上了这位单身女房东。海伦为了讨他的欢心,答应免了他的房租。可作为演员的费斯特来说,这只不过是逢场作戏罢了。所以,当年轻漂亮的琳达一搬进来,费斯特立即就转移了目标。没过多久,俩人就双双出入了。海伦看着昔日的情郎当着自己的面跟别人卿卿我我,不禁怒火冲天。面对着她的指责,费斯特嬉皮笑脸地说:"免去房租是你自愿签字的,你不能因为这个强求我只喜欢你一个人。"终于有一天晚上,海伦找到一个机会,把费斯特和琳达都麻醉了,然后割下他们的头颅,制成了塑像。至于打印的"私奔信",自然也是出自海伦之手,目的就是为了让费斯特夫人相信,自己的丈夫只是到远方去了。

现在,费斯特夫人终于可以放心了:她的丈夫其实并没有和其他的女人高飞远走,而是躲在他自己的头像里,每天晚上都在陪着她。

(改编:谷永庆)
(题图:佐　夫)

鬼市人头

人头血案

民国期间,天津老城厢有个鬼市。所谓鬼市,并不是什么闹鬼的地方,而是一种早集。天没亮时,一群人聚在那里做些小买卖,天亮之前准散。之所以取这么个恐怖的名字,原因有二:第一,天亮前,特别冷,老百姓管那时候叫"鬼龇牙";第二,这个时候做买卖,容易捣鬼。由于鬼市的货物便宜,还有不少来路不明的非法货物,因此这里的生意一直很兴旺。

一天清晨,在鬼市摆小摊的何老福拾到一个包袱,他以为是什么好东西,可抱回家打开一看,竟是一个插着金钗的血淋淋的人头。何老福吓得脸色发黑,赶紧去了警察局。

警察局赶紧调查，一查，那头颅是素香斋饭店老板王晋元的二姨太太刘氏。但刘氏的身体哪去了？怎么找也找不到。警察局长李汉元束手无策，只好请来老朋友，上海法租界巡捕房的探长吉鸿晶。

吉探长四十上下，精悍睿智。他带了助手小郭很快来到天津，与警察局李局长见了面，二人寒暄了几句后，吉探长进入正题，问："现在案件有进展了吗？"

李局长摇摇头，说："没有。只知道，红桥区大药房的伙计是最后见到刘氏的人。"

吉探长当即提议去药房。

红桥区大药房是天津著名的大药房。见李局长、吉探长和小郭三人进来，伙计立即迎上来："局长大人光临，您有什么吩咐？"

李局长腆着肚子说："这位是我的朋友吉探长，刘氏失踪的案件，就交给他全权处理了。"

吉探长心里不禁嘀咕了一句：我还没答应呢，怎么就全推给我了？他清了清嗓子，问道："你最后一次看见刘氏，是什么时候？"

伙计回答道："我都告诉李局长了。发生凶案的前一天晚上七点半，刘氏从对面吕祖堂出来，到我这里买了些药就走了。"

吉探长接着问："她那天是什么打扮？和你说话了没有？"

伙计想了想说："她那天穿了一身深红色大衣，头上插着金钗，脸色好像不太好。二太太进来之后，说她先生患心绞痛，买了些中药，其他就没什么了。"

吉探长又继续发问："她都买了什么药？"

伙计翻出账本查了查说："她买了黄芪、丹参粉、三七粉、川芎、当归粉、红花共六种中药，每样三两。"

走出药房，李局长拍拍吉探长的肩膀，说："老弟，这件案子，就交给你了，辛苦了。"

"你这家伙！"吉探长笑骂了一句。不过他也明白李局长的难处：这个时期天津案子不断，警察局顾了东顾不了西。

人头案的资料不多，小郭一边翻看一边用笔记在本子上，大体有了一个轮廓：刘氏四月十七日下午四点离家，步行去了吕祖堂听道士讲经，晚上在那里吃了素斋，七点半离开吕祖堂，去红桥区大药房买药。第二天早上五点，何老福在鬼市捡到一个包袱，发现里面的头颅。

吉探长理了一下头绪，想了想，决定先去第一目击者何老福家。

傲慢道士

何老福四十多岁，是那种典型的老实巴交的劳动人民。吉探长和小郭刚进门，他就嚷着让老婆擦板凳端茶倒水，自己主动向吉探长叙述案情。

这时何老福的媳妇端着茶水过来。她动作迟钝地给吉探长和小郭倒上，又僵硬地拜了个万福离开了。吉探长见她脸色苍白，好像身体有病，但没等他问，健谈的何老福又开了腔："那是我娘们儿，这几天被那人头吓了，身体不太得劲儿。"

吉探长没有接他这个话题，只是问："当初你是怎么发现这个人头的？"

"哎呀，当初我发现的时候，就想着是个好东西。捡回家一打开，真是吓死人了，我这么一喊，邻居们都来了。大家商量了一阵，想着还是交给警察局才对。"

吉探长边喝茶边点头,不知不觉茶已经喝干了,何老福忙叫媳妇再加些,他媳妇丁丁当当找了半天也没找到开水壶,何老福只得去帮着找,却发现家里已经没水了,连忙陪笑解释道:"这几天附近的水站出了些毛病,打不出水了。实在对不起。"

吉探长示意他没关系,又把刚才何老福说的那一串天津话在脑子里加工了一会儿,就带着小郭离开了这个简陋的小屋。

"接下来去哪里呢?"小郭一溜小跑跟在吉探长身后问道。

吉探长嘴里吐出三个字:"吕祖堂!"

吕祖堂是座道观,当家道长叫任立奎,只有三十出头,法号"逸尘",长得精神潇洒,倒有点像画像上的吕洞宾,他见吉探长进来,却傲慢地端坐在蒲团上动也不动。他的卧室十分简洁,除了吕洞宾像之外,只有一对红油蜡烛。

好半天,任道士才有些不屑地说:"李局长已经来我这里问过了。"

吉探长说:"不好意思,我还得麻烦你,请问那刘氏是什么时候离开的?"

任道士说:"我只知道她是四点半来的。至于她什么时候离开的,我可不知道。我每天晚上都要按时出去散步。我出去时,刘氏还没有离开。"

吉探长在盘问任立奎的同时,小郭也盘问了几个小道士。出来和吉探长对照后,发现道长没有说谎话,而且他在当晚九点就回来了。

离开吕祖堂时,小郭发着牢骚道:"那个道士也太傲慢了,一直坐在蒲团上,也不出来送送我们!"

吉探长耸耸肩,有些无奈地说:"得了吧,刚才他还让我一直站着问话呢!"

小郭有些企盼地望着吉探长说:"接下来呢?应该去那个地方了吧?"吉探长脸上露出了少有的得意表情,"走,时候不早了,咱们去吃好吃的去!"说罢大步朝前走去。

老翁小妾

半小时后,两人来到王晋元家。王晋元果然是天津的富豪,住宅宽敞华丽,奴仆成群,他家素香斋的厨师手艺更是绝妙。跑了一天的吉探长和小郭风卷残云,着实打了一番牙祭。小郭心里不太有底,凑过去悄悄问吉探长:"探长,咱们能帮人家破案吗?现在就吃这么多好酒好菜,好吗?"

吉探长笑了笑,端起一杯葡萄酒冲桌子对面的王晋元敬道:"王先生,请您放心。我保证:十二个小时之内,肯定能破此案!"

王晋元晃了晃白发苍苍的脑袋,也端起酒杯:"多谢探长,您现在想必已经知道真相了?""差不多了。"吉探长略带醉意地说,"不过还要问您几个问题。"

酒足饭饱之后,来到会客厅坐下,吉探长从仆人那里接过新装了烟丝的烟斗,悠闲地抽了一口,问:"能不能先介绍一下刘氏的情况?"

王晋元一听刘氏的名字,不禁又有些伤感道:"刘氏啊,她是我的二姨太太,今年三十八岁。十年前,我去乡下办事,看她年轻漂亮,就把她买了回来。虽然我们年龄差着三十多岁,但是平时感情还是不错的。最近她迷上了道家的理论,经常到吕祖堂听道士讲经。谁知道竟然……"王晋元说到这儿就伤心得说不下去了。

吉探长连忙转移话题问:"那她乡下家里还有什么人吗?"

"我已经告诉她家里人了,等警方找到了尸身,和头颅合在一起,再通知他们来参加丧事。"

"出事那天她是什么时候从家里出去的?"

"下午四点,走着去的。这些我都和李局长说过了,家里的仆人们也都可以作证。"

"为什么走着去?"吉探长顿时绷紧了神经,"我们从那里走到这儿,可是花了足足半个小时呢。"

"她说她还要逛街,所以一向都是走着去吕祖堂的。"

"哦,这样啊。"吉探长点了点头,"我们还想去她的老家看看,您看行吗?"

王晋元劝道:"她老家在皇姑庄,离这里很远,而且家里人也不多了,我看您就不用劳神费事了。"

吉探长问:"有没有尊夫人的近照?"

"近照倒是没有,不过,"王晋元指着墙上一幅巨大的油画说,"这幅画是上个月画的,也和照片差不多。"

吉探长抬头一看,是一幅女子半身像。画中的刘氏,穿着红袍,浓妆艳抹,还涂着红指甲。头上的金钗极其醒目。王晋元发现探长注意那个金钗,就主动解释道:"本来,刘氏的脸部已经全部毁坏了,家人就是看到这金钗才认出来的。"

"不会有错吗?"

"不会,她平时花销奢侈,首饰都是专门订做的,就连化妆品,都是托人买的外国货。"

吉探长和王晋元谈话之后,他谢绝了王先生恳切的留宿,带着小郭走出王宅后,他得意地说:"现在,只差一个地方了!"

小郭问："探长，您真的要去鬼市？"

"去！"探长温和地说，"当然不是现在。"顿了顿说，"现在，我们还要去警察局查一些户籍档案，再休息一阵。等到凌晨四点的时候，我们去鬼市。"

回到警察局，值班警察们热情地迎接两人，有位警察还拿出掸子来给他们掸了掸衣服，边掸边说："二位辛苦啦！您看这身上弄的……吉探长，您的袖口怎么有粉红色的灰啊？"

吉探长抬起袖口看了看："谁知道是在哪里弄上的……不管它了，我俩先去休息。对了，老城厢离这里有多远？"

一个巡警赶忙说："我们平时巡街都知道，走路大概四十分钟就能到。"

"好吧，明天早上四点钟叫醒我们行吗？另外，我想看看你们的户籍档案，这可是破案的关键。"

鬼市探秘

早上四点钟，吉探长和小郭快步往鬼市赶去。

吉探长走着走着，突然停住了脚步，抬头看了看路边一幢大屋房顶那翘起的弯角，说："原来这是吕祖堂的后墙。"

小郭问："难道你又有什么发现？"

"呃……现在还不能确定，"吉探长低下头，好像在脑子里仔细地搜寻什么东西似的，"等等，我好像……"

就在这时，突然"呵呵呵……"传来一阵阴冷的笑声，把探长和小郭吓了一跳。二人顺着声音一看，只见路边的树下，有一个拿着扫把的黑影正向他们移动。

"你是谁? 难道是欧洲的女巫?"小郭紧张地喝问,"我们还没到鬼市呢!"

"什么女巫?"那个黑影有些不高兴地说,"我是这里的清洁工!"他接着又没好气地说:"你们是'高买'吧? 从吕祖堂的后墙可是进不去的,你们还是去找那些落单的行人吧!"

小郭小声问吉探长:"什么是'高买'啊?"

吉探长解释道:"就是小偷,这是天津人一种比较'文雅'的说法,你查资料时没注意?"

"谁知道这也要查啊?"小郭有些委屈地说。为了缓解一下尴尬的局面,小郭又转而问清洁工,"人这么少的时候,偷东西也能成功?"

"怎么不能?"清洁工不容置辩地回答,"前几天晚上,我在工棚里休息时,看到一个带包袱的人从这里走过,可过了一会儿,那个人又气急败坏地走了回来,包袱却没了,他弯腰曲背找了好一阵,没有找到,只好走了。过了一会儿,另一个人抱着包袱从这里走过,看样子好像挺得意的。你说这不是小偷得手了吗?"

吉探长听了,一下子又来了精神,走近问道:"那带包袱的人和偷东西的人,你认识吗?"

清洁工想了想说:"那天晚上正好下着小雨儿,那人又穿着带兜帽的大衣,没看清楚,应该不认识。我呆在工棚里,也没出去和他见面。至于那个小偷,我就更无从认识了。"

"你还记得什么?"小郭没等探长接着问,就急切地问。清洁工说:"就记得那个穿大衣的在这里摔了一跤,膝盖好像伤得不轻,从怀里掉出一个圆包袱,然后他又赶忙捡了起来。"

吉探长听了显得很兴奋,他拿出证件在清洁工面前一晃,继续问:"我是查案的探长,你的证词可能对我们有帮助。将来到了法庭上,你还敢这样说吗?"

"那有什么不敢?"清洁工被这突然的逆转弄得有些奇怪,但他还是忍住没问探长为什么这个时候出来查案。

一旁的小郭忍不住对清洁工说:"你知道的还挺多啊!"

"我算什么?我的搭档丁长毛知道的那才叫多呢。他虽然是皇姑庄人,可他闲时经常给那些有钱的大老爷们做室内清洁,这十年来他几乎把天津城摸了个透。不过这几天不知道为什么,他却没来,害得我一个人干两个人的活。"清洁工絮絮叨叨的好像有一肚子怨气。

吉探长告别了清洁工,加快了前进的脚步,小郭依旧在后边快步小跑,边跑边急切地问:"探长,你是不是又发现什么有价值的线索了?我们不用去鬼市了吧?"但是探长的沉默使他只得跟着继续向老城厢走去。

鬼市十分热闹,无数摊位几乎占据了整个地面,甚至显得有几分拥挤。除少数摊位上有豆大的灯光外,大多数摊位就是借着天光和临近摊位的灯光勉强支持。不论是买主还是摊主,都在窃窃私语,像是真在做什么见不得人的事情一样。

小郭很快被一些地摊上的小玩意儿吸引住了,忍不住停下来看了又看。吉探长一面提醒他跟紧自己,一面仔细看着每一位摊主的脸。

走了一阵后,吉探长仿佛在告诉小郭,也仿佛自言自语:"没有何老福啊!"

"没有就对了啊!"小郭自信地说,"我要是摊上这么一档子事情,我也不出来了。"

"没这么简单!"吉探长用力吸了一下烟斗,"现在,我们已经有了足够的证据,案件马上就能揭晓了!"

"什么啊?"小郭一头雾水道,"从昨晚查户口开始我就觉得奇怪,我们掌握的这些东西,没有什么价值啊!"

"谁说没有价值?"吉探长笑道,"就拿昨晚查户口来说吧,你还记得什么内容?"

"嗯—我们查到了刘氏以前是结过婚的,但是在嫁给王晋元之前离婚了,然后他前夫的户口就没有了,我想可能是死了;何老福全家都是农村户口,除了妻子之外,家里还有几个小孩子;任立奎是天津市区的户口,从小就在这里长大……就这些了,有什么用吗?"

"当然有用!"吉探长用食指敲了敲自己的宽檐帽,"只要你仔细动动脑子想想,将这些琐碎的线索串联起来,真相就很明显了。"

接着,吉探长不顾正在发愣的小郭,吩咐道:"通知李局长,让他通知所有相关人员,两个小时后在吕祖堂集合!到时候,我会把这案件的一切,当场解释给你们听。对了,差点忘了告诉你,刚才我在鬼市买了些东西,你先帮我扛着。"

揭示真相

早上七点,吉探长和小郭、何老福、任立奎、药铺伙计、清洁工、王晋元、李局长以及几名警察全都来到了吕祖堂。

"现在,我该揭示真相了!"吉探长点起了烟斗,慢悠悠地吸了一口,"首先,我们知道那个被毁的人头,是因为特殊订做的金钗被认定是刘氏,可是刘氏从这里出来的时候头上也戴着金钗,这就说明了一件事:实际上至少有两根金钗!当时刘氏是戴着一根金钗出门的,那另外一根金钗呢？只能是藏在这里了。任道长，能先让我们搜搜你的房间吗？"

任立奎脸上出现了惊慌，可没等他回话，李局长大手一挥，几个警察就进了任立奎的卧房。

不一会儿，警察拿着一小筐首饰出来了："报告局长，这是我们从任立奎床下找到的。"

李局长疑惑地盯着道士："这么说，杀死刘氏的凶手就是你任立奎了？"

任立奎急忙争辩道："不，不，不是！这是刘氏捐给我们吕祖堂当香火钱的，只是我还没来得及去首饰楼换钱。"

"当然，仅仅凭这些东西并不能证明是你杀人的。"吉探长不慌不忙地说，"可是还有件事我不明白：刘氏辛辛苦苦从家里走半个小时来到这里，却不用自己家里的司机，这是为什么？"

王晋元插话提醒道："我都说了，她要逛街嘛！"

"没错，根据我们的亲自试验，从王宅到这里确实需要半个小时。"吉探长转身对王晋元说，"可是，我在鬼市无意间从小郭的行动中发现，逛街的人即使什么都不买，也会时不时地停下来看看路边的货物，这是很耽误时间的！"

小郭问："这么说，刘氏实际上是马不停蹄地从王宅走到这里，而不是逛街？"

"对！逛街只是为了掩人耳目，她的真正目的，只有吕祖堂。"吉探长踱步走到房屋中间，说，"为了不让家里的下人们发现什么，她每次都独自走到这里。而且我的助手也问过这里的小道士，每次任立奎和刘氏相见，都是一对一在内堂讲经的。"

"难道……"王晋元一听，不禁脑门发青，直出虚汗，"真是他们俩有什么见不得人的事情？"

吉探长继续说："通过这些，我们不难得出，任立奎和刘氏有着某些秘密的关系，应该也与刘氏的死脱不了干系。道长，你是出家人，应该知道怎么做才是对的，事已至此，你还是主动交代了吧！"

任立奎仍然脸色平静地说："我没什么好交代的。该解释的都已经解释过了。"

吉探长说："那好，我来给你解释：你在自己的卧房里杀害刘氏，凶器嘛，最可能就是那铜蜡烛台上的尖利的蜡扦。然后你就想毁尸灭迹，砍下刘氏的脑袋，四处寻找合适的销毁地点。可是，你没有想到吧，你去销毁人头的途中，被一个清洁工看到了。"吉探长又转向清洁工，"对吧？"

清洁工说："我都说了，当时那人穿着带兜帽的灰大衣，我看不清他的脸。"

"对呀，当时任立奎从吕祖堂出来的时候，肯定是穿着道袍的，否则别人看上去会觉得很奇怪。他把大衣和包着人头的包袱藏在宽大的道袍袖子里，等走到僻静的地方，再穿上大衣，用兜帽挡着脸，四处寻找丢人头的地方。正好这时又下起了雨，任立奎不小心滑倒了，而这一幕，都被这位清洁工看在眼里。由于大衣他是背着人穿上的，肯定不能再穿回去，所以肯定是丢在路上了。"

吉探长说到这儿，打了个响指，对小郭说："小郭，把东西拿来！"小郭立即将手中包袱里的东西都拿了出来。

"这是我在鬼市买的几件袖口有泥印的大衣。我想任立奎丢掉大衣之后，只要没有完全销毁，肯定会再次被人捡到，而鬼市就是最好的出手地点。任立奎，现在你敢不敢将这几件大衣依次穿上走两步，让这位清洁工看看你的背影?"吉探长说着,一双火辣辣的眼睛死死盯着任立奎,盯得道士不知所措。

"或许你连站起来都不敢,因为那天晚上你已经摔伤了膝盖,走起路来就会被人看出来!"探长这一句,直接打垮了任立奎。

"好吧,我承认。"道士叹着气说,"都是因为她要和我私奔,我不答应,她就要挟我说要把我俩的事情说出去,我们吵得厉害就动起手来了。探长说的没错,我确实是用蜡扦扎死她的。"

王晋元急着问:"那刘氏的尸体在哪里?"

任立奎说:"我本来准备把刘氏碎尸之后再分几次带出去的,可是第二天早上就听说刘氏的脑袋被发现了,我怕夜长梦多,就匆匆把尸体丢在一个水沟里了……至于丢在哪个水沟,让我想想。"

"就丢在自来水厂附近是吧?"吉探长突然开了腔,"前几天我去何老福家,听说水站没有水,就觉得奇怪。一般来说,水站没有水是会及时修缮的,不可能连坏几天。我查过地图,正好吕祖堂附近有个自来水厂,任立奎很有可能是把无头尸首丢在一般不会有人下去检查的氯气池里了。由于尸体堵住了其中一根主水管,所以水站才没有水。"

看到任立奎点了点头,吉探长继续说:"王先生,我让您带来的人头呢?现在该拿出来去和尸首对一下了。"

王晋元拿出一个提盒,递给身旁的一个警察。那个警察拿过之后,就和另外两个警察押着任立奎去寻找尸体了。

又生怪事

小郭见任立奎已经被警察押走了,急得都快跳起来叫道:"可是还有很多问题没有解决呢!"

"等等,别急。"吉探长见小郭着急的样子,不由忍俊不禁道,"现在我说出来,大家应该不信。咱们先说说别的话题吧:何老福,你老婆怎么没来?"

何老福解释道:"我娘们儿啊,她这几天身体不太好,所以今天没来。"

"这就对了,"吉探长得意地吸了口烟斗问,"她是什么时候来城里的?"

何老福眨巴着眼睛想了一下,说:"大概三年前吧,和我一起来的。"

吉探长紧追不放:"根据户口记录,我知道你是没有父母的,只有几个岁数不大的孩子——这我就奇怪了,你的孩子交给谁看着?"

何老福有些慌了,嗫嚅道:"这……这和案子有关系吗?"

"有没有关系,你们一会儿就知道了!"吉探长突然掉转矛头,又向王晋元问道,"王先生,您也没有对我和盘托出真情啊。刘氏卖给你的时候,家里是什么情况?"

王晋元听说吉探长查过了户籍档案,也有些不好意思,只好如实回答:"当时刘氏还有丈夫,只是家里实在太穷,没办法就将她卖给了我。"

"后来她前夫呢?"

"我花钱通过关系,给他办了城市户口,作为和刘氏完全断绝关系的条件。之后我就再也没见过他了。"

这时候,一个警察押着任立奎回来了,他对李局长说:"报告局长,我们在氯气池那边发现了无头尸体,和那头颅的伤口完全吻合。我让另两个兄弟在现场看住尸体,我先回来了。只不过……"

"只不过什么?"刚刚松了一口气的李局长又有些不痛快了。

那警察摊摊手,困惑地说:"只不过,那尸体……其实是个男的。"

"男的?"李局长惊得差点从椅子上站起来,随即满脸嘲讽地冲任立奎和王晋元说,"你们两个还有这种嗜好啊?"

任立奎十分沮丧地说:"我……我也不知道怎么会变成男的!"

吉探长说:"这就是刚才我所说的难以置信的事情。"他又转向药铺伙计,"你还记得我昨天问你的问题吗?"

"记得记得,我想到您这次可能还要问,连账本都带来了。"伙计连忙取出账本,"当时二太太买了六味药,说是要给王先生煎药治心绞痛。"

王晋元插嘴道:"我确实有心绞痛,不过平时没有让她买过药呀。"

"正是因为你有这种病,所以她才知道这种药方。"吉探长愈发得意地说,"可是,既然煎药,为什么其中三种都是药粉呢?这药粉可不容易煎呀。因此我想只有一种解释,就是她要用药粉来干其他的事情。据我所知,这个药方中,三七的用量是最少的,大概只有其他几味药的三分之一到四分之一,为什么她要买和其他几种药分量一样呢?另外,她既然急着给丈夫买药,为什么没有坐车来呢?"

药房伙计支支吾吾地说:"我也不知道,当时我看药方没问题,就这么卖给她了。当时我也没多想啊!"

"那好,就让我来告诉你吧。"吉探长提高了声调说,"她要了好几种药粉,还买了过量的三七,完全是欲盖弥彰!其实她真正需要的只有三七!三七是云南白药的主要配方,止血是最有效的。一般的伤口,只要不是大出血,用三七粉往上一敷,马上就能见效。"

小郭瞪大了眼睛问:"那么,你的意思是?"

"没错!"吉探长肯定地说,"当时刘氏并没有死,只是受了伤。她买三七,是为了给自己止血。当时由于她穿着红色外衣,所以伙计并没有看出她受伤,只看到她脸色难看,还以为她是要给丈夫买药。"

半天没说话的李局长终于忍不住问道:"那这么说,刘氏到底在哪里呢?"

"这就要问何老福了,"吉探长冷不防问道,"何老福,你妻子是什么时候来城里的?""这个,刚才我不是已经回答过了吗?"

"不对吧?我上次去你们家,发现你的妻子对家里的情况很生疏,连开水壶都找不到,这可不是一个多年的家庭主妇应有的表现。另外我看她动作很僵硬,脸色苍白,尤其是欠身万福的时候,动作很不麻利,应该是肚子上受了伤吧?而且是被蜡扦刺伤的!"吉探长用无法辩驳的口气逼问道。

没等何老福回答,李局长又"不合时机"地插话:"不过,仅仅凭这些线索,你也不能确定何老福的妻子就是刘氏吧?"

"当然不能。"吉探长从衣袋里拿出一个小玻璃瓶,"我还有独一无二的证据。那天晚上我回警局后,发现袖口上有些淡红色的粉末,但是却想不起是在哪里蹭上的。仔细想想,我在任立奎那儿是一直站着的,没处蹭上;王先生家里又打扫得极其干净,桌上是不会有这种东西。所以只可能是在何老福家里沾上的。后来我让法医帮我化验了一下,发现这是化妆品的成分。再结合刘氏的画像,我就全明白了:刘氏原来涂着红指甲,到了何老福家里以后,为了不让人看了起疑心,就将指甲上的红油全部刮掉了。我袖口上的这些粉末,就是她从指甲上刮下来的。我又记得王先生说过,刘氏的化妆品都是很少见的外国货,在天津应该是没有多少人用过的。"吉探长顿了顿,喝了口水继续说,"另外,何老福跟我谈话的时候说,他这几天本来应该高兴的,突然被那个人头扫了兴。我就想,他本来遇到什么事情,让他这么高兴?应该就是突然来了个漂亮媳妇吧?还有啊,何老福本来是做小买卖的,家里也不富裕,这几天竟然不出摊了。想必也是刘氏给他带来了一笔财物。"

"我实话实说了吧，"何老福叹了口气说，"那个其实不是我娘们儿，我那口子在乡下带孩子呢。上次您见到的是我一个远方的表妹，好多年都没来往。那天晚上她突然跑到我这里，说她爷们要杀她，就假装是我娘们儿，躲在我家里了。"

天网恢恢

"果然是这样。"吉探长转身对另一个警察说，"何老福的妻子之所以不来，就是怕被人认出来。现在你们可以去把她押过来了。不过，何老福，你的远方表妹那么多年和你没来往，突然住到你家里，你放心让她一个人在屋里吗？"

何老福从腰上解下一把钥匙说："我是有点不放心，所以我出门的时候，就悄悄把门给锁上了。"说着把钥匙递给警察。

吉探长心里不由感叹何老福的精明。接着，他扫视了一下屋里的人，继续说："现在，只剩下一个问题：就是那个男尸到底是谁？让我先把当时的情况猜想一下：当时任立奎用蜡扦刺伤刘氏之后，以为自己杀了人，就想找把斧头来分尸灭迹。就在他出去找斧头时，另一个倒霉的家伙进来了。装死的刘氏恍惚中以为进来的是任立奎，就猛地起身用蜡扦刺死了那人。当她发现杀错了人，又急中生智地把自己的金钗插在那人头上，匆匆将内衣给死人换上。这时候任立奎拿着斧头回来了，刘氏来不及逃走，就躲在床下，等任立奎带着人头出去后，她再逃走。而惊慌中的任立奎没有仔细看死者，就一顿斧头将那个人头毁了容，王先生家的人才错把他认成是刘氏。"

李局长又问："那被错杀的男人是谁呢？"

吉探长接着就根据他们掌握的线索，回答了李局长问的男尸是谁。

在调查时，吉探长发现死者是个长头发，他就想到了清洁工的搭档丁长毛。而且那个丁长毛是经常在这一带活动的，因此进入吕祖堂的可能性也很大。最后，也是最重要的一点，丁长毛是皇姑庄人，正是刘氏的同乡，而且和刘氏进城的时间也是同一年，因此探长就想，他和刘氏是不是会有什么关系。后来又想到他经常去大户家里做短工，而且刘氏前夫到城里之后就杳无音信。于是，吉探长就提出了一个大胆的猜想：丁长毛应该就是刘氏的前夫！因为他心里还是放不下刘氏，所以在扫地时看到刘氏经常来这里，就起了疑心，就时不时地关注这里的动静。当刘氏装死的时候，他本来是进来看个究竟的，却被刘氏误杀了。

吉探长一口气说完了自己的分析研究，顿了顿说："这就是案件的始末。"

"你说的没错，那就是我的前夫。"正当大家都惊叹吉探长的推理时，门口一个女人的声音让大家回过神来，只见任立奎的情妇，何老福的"妻子"，王晋元的二姨太太刘氏被警察带着出现在了门口。

李局长又问道："可是，那人头是怎么到了何老福手里呢？鬼市离吕祖堂可不近啊！"

"这位清洁工都看到了，"探长指了指清洁工，"他看到有人偷了任立奎的包袱。那是个小偷，他这一晚肯定偷了不少东西，在快天亮时他到鬼市附近想要销赃，当他发现那个包袱里是人头，就随手丢在鬼市里了。我们亲自去鬼市查看过，那里人很多，光线很暗，小偷把东西丢在那里是不会有人注意的。"

事情的经过就是这样。最终，李汉元局长将任立奎和刘氏带了回去，送往天津市法庭审问,任立奎被判立即枪决,刘氏则被判无期。枪决任立奎那天,据说整个天津城都嚷嚷开了,吉探长和小郭也在人群中看热闹。

真相大白了,小郭长长地松了一口气,笑着对吉探长说:"事情已经调查清楚了,现在我们可以好好休息一下了吧?"

"好,不过不用急嘛,你看那边围着那么多人干什么?"小郭顺着探长的手指一看,只见路边有一大群人,正围着一位说书的先生听评书,书名叫《鬼市人头》,水牌前边还有四个小红字:天津实事。

吉探长叼起烟斗,不由一阵轻松,拉住小郭,也站在人群之中听了起来。

(广　思)
(题图:杨宏富)